COME HEATHCLIFF RUBÒ IL NATALE

I MISTERI DELLA LIBRERIA NEVERMORE, 10

STEFFANIE HOLMES

ISCRIVITI ALLA NEWSLETTER PER RICEVERE AGGIORNAMENTI

Vuoi una scena bonus gratuita dal punto di vista di Quoth e le regole del negozio di Heathcliff? Se ti iscrivi alla newsletter di Steffanie Holmes riceverai una copia gratuita di *Cabinet of Curiosities:* un compendio di racconti e scene bonus di Steffanie Holmes.

http://www.steffanieholmes.com/newsletteritalian

Ogni settimana, nella mia newsletter, parlo di vere e proprie infestazioni, strani avvenimenti, rovine fatiscenti e fatti inquietanti che ispirano le mie storie. Con la newsletter riceverai anche scene bonus e aggiornamenti esclusivi. Adoro parlare con i miei lettori, quindi unisciti a noi per un po' di spettrale divertimento:)

COME HEATHCLIFF RUBÒ IL NATALE

Chiunque, adora il Natale… ma non Heathcliff, il burbero proprietario di una libreria, nonché bad-boy della letteratura!

Per fortuna Mina Wilde lo ama comunque, così come ama i suoi altri due fidanzati del mondo letterario: il "Napoleone del crimine", James Moriarty, e il corvo contemplativo di Poe, Quoth.

È difficile trovare il regalo di Natale perfetto per tre amanti, ma Mina è determinata a far sì che il prossimo Natale sia il migliore che la Libreria Nevermore abbia mai visto.

Questo fino a quando l'albero di Natale di beneficenza e tutti i regali donati dagli abitanti del villaggio scompaiono. Il caratteraccio di Heathcliff attira tutti i sospetti su di lui, ma Mina sa che Heathcliff non è così malvagio da rubare i regali destinati al rifugio degli animali… oppure sì?

Mina e i suoi uomini devono sbrigarsi e risolvere il mistero, per

salvare il Natale prima che l'intero villaggio arrostisca
Heathcliff su un bel tronchetto natalizio!

I Misteri della Libreria Nevermore sono ciò che si ottiene
quando tutti gli amanti del mondo dei libri prendono vita.
Allarga il cuore e unisciti alla tua eroina punk-rock preferita, ai
suoi tre sexy fidanzati librai, a una madre impicciona, a un gatto
molesto e a una serie di strani e meravigliosi abitanti del
villaggio di Argleton in questo divertente giallo natalizio reverse
harem.

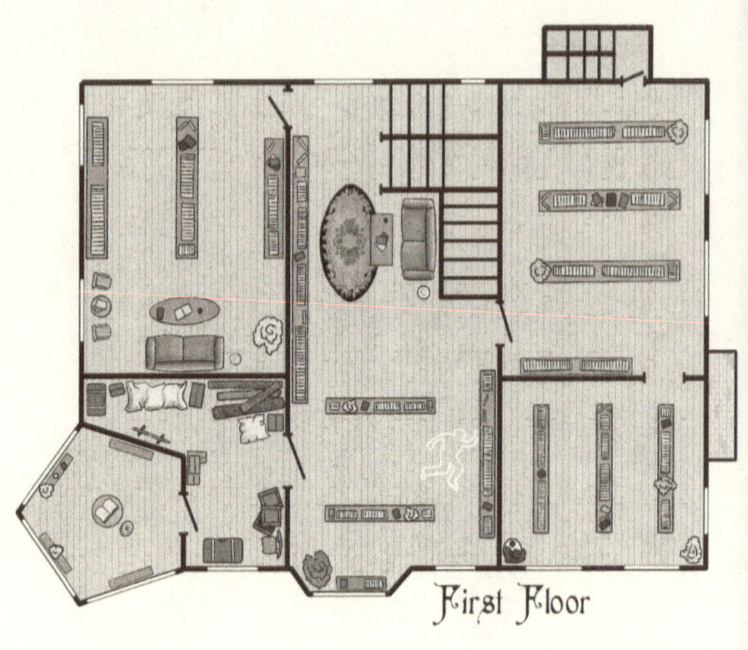

First Floor

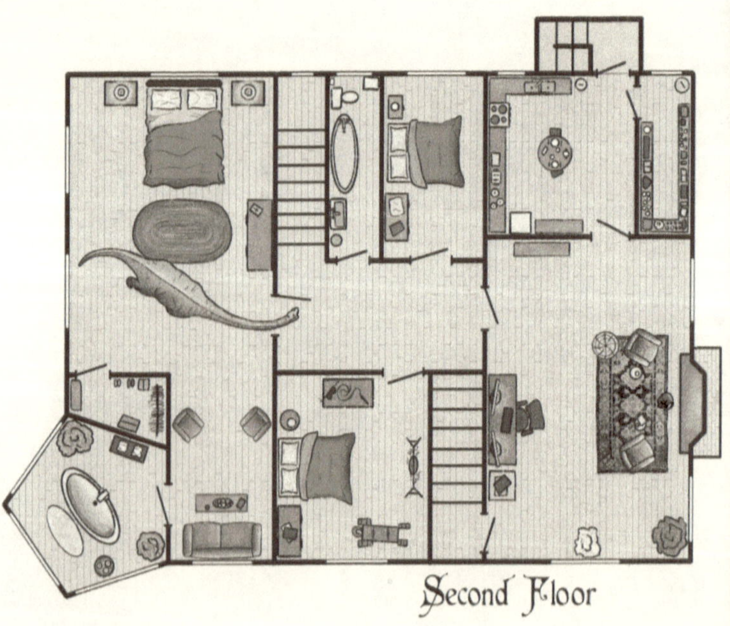

Second Floor

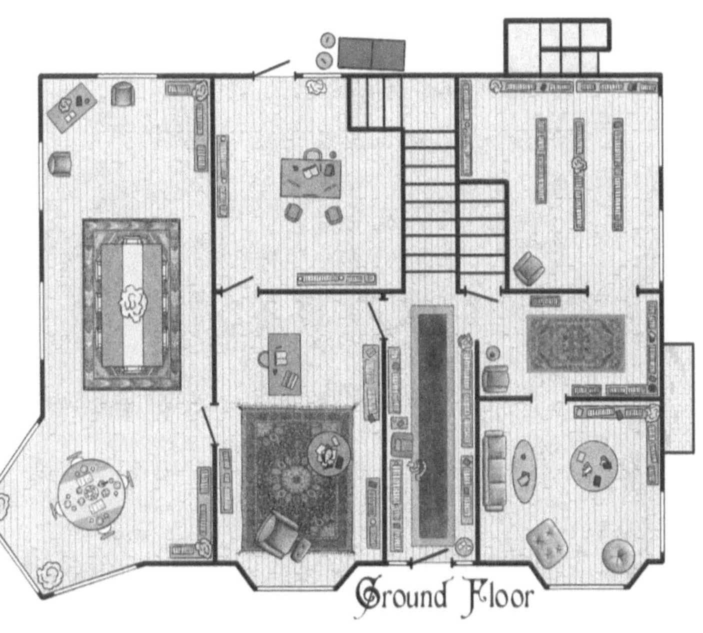
Ground Floor

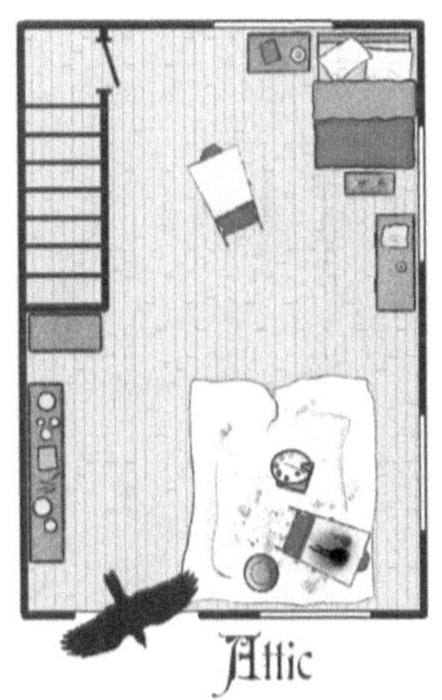
Attic

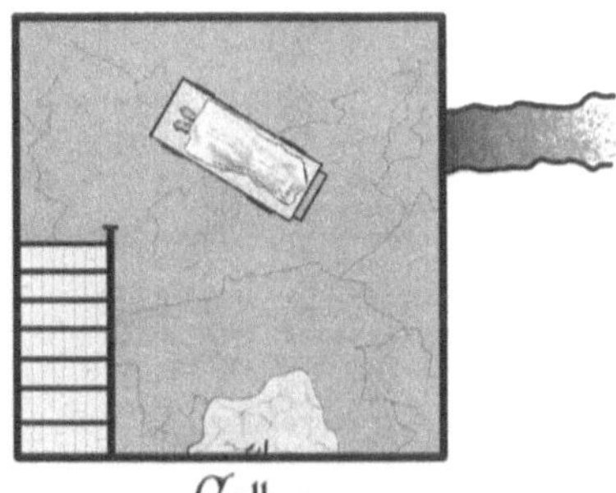
Cellar

*A tutti i miei amanti del mondo dei libri
che mi tengono sveglia la notte.*

I

Ah, il Natale. Il periodo più bello dell'anno. Le strade del villaggio imbiancate dalla neve appena caduta, il delizioso profumo di pan di zenzero e di dolci tradizionali trasportato dalla brezza, tutti che si riuniscono per gioire insieme, gentili con il prossimo...

«...Ti strappo le braccia e te le infilo così tanto su per il culo che ti potrai toccare le tonsille dal di dentro.»

Beh, quasi tutti.

«Sarà meglio se rientriamo.» Quoth si precipitò nella stanza di Letteratura per l'Infanzia, dove stavo rivestendo i bordi degli scaffali con fili decorativi e palline natalizie sbrilluccicanti, per gentile concessione dell'ultimo schema piramidale di mia madre: decorazioni di design che costavano quanto un'utilitaria. «Sta per esplodere, con Morrie.»

Non ci voleva uno scienziato della NASA per indovinare di chi stesse parlando Quoth. Oltre a essere l'antieroe letterario più affascinante mai esistito, nonché prezioso membro del nostro quartetto di investigatori amatoriali che risolveva misteriosi casi di omicidio, Heathcliff Earnshaw era il proprietario della Libreria Nevermore. E sapeva anche essere un brontolone di prima classe. Di recente avevo scoperto che il suo brontolometro saliva oltre il fondo scala nel momento in cui il calendario passava da novembre a dicembre. Non avevo ancora scoperto il *perché*. Heathcliff era un dolcione tenero e coccoloso, una volta che si riusciva a rimuovere tutti i suoi strati di *idiotaggine*, ma ultimamente mi urlava contro e rifiutava ogni mia idea. Era come se stesse ricostruendo tutti i muri che avevamo abbattuto con tanta fatica.

Avevo deciso che il mio prossimo mistero da risolvere sarebbe stato il caratteraccio di Heathcliff. Speravo di scoprire il segreto prima che sfogasse la sua irrefrenabile rabbia su un povero, ingenuo, cliente.

Non che Morrie fosse in alcun modo ingenuo. Comunque, buttai a terra il rotolo di fili argentati e corsi nella sala principale. Mi fermai sulla porta, a osservare la scena, illuminata dalle numerose lampade.

Heathcliff era in piedi sulla scrivania, con i pugni stretti, tutto rosso per la rabbia, nonostante la carnagione scura.

Morrie (abbreviazione di James Moriarty, la famigerata nemesi di Sherlock Holmes) era adagiato sulla poltrona di velluto davanti agli scaffali di Poesia, incurante dell'imminente esplosione del vulcano Earnshaw. Accanto a Morrie c'era uno stereo portatile antiquato che diffondeva a tutto volume una stonatissima carola natalizia.

«Niente musica natalizia in questo negozio!» urlò Heathcliff. «Questa è una zona Christmas-free.»

«Per essere una zona Christmas-free, l'atmosfera mi pare piuttosto festosa. Hai lasciato che Mina mettesse decorazioni dappertutto» fece notare Morrie senza sollevare lo sguardo dal suo libro. Non serviva: fili argentati e libri in miniatura ornavano per intero il bordo della scrivania di Heathcliff, e il tavolo di rovere per poco non cedeva sotto il peso di un grande presepe, con la stalla fatta di libri. Io e Morrie avevamo aggiunto delle statuine di nascosto quando Heathcliff era girato di spalle, e ora Gesù Bambino era un robot e uno dei tre Magi recava un cartello con scritto: VOGLIAMO JAMES MORIARTY PRIMO MINISTRO. «E poi, avevi detto tu che Quoth poteva erigere il monolite di Natale.»

Per evidenziare le sue parole, Morrie si avvicinò e tirò uno dei rami dell'albero di Natale di Quoth. Errore madornale. Gli piovvero sulla testa aghi di abete rosso, e una palla di vetro lo colpì in fronte.

Ogni anno, il villaggio di Argleton organizzava un albero di beneficenza per il locale rifugio per gli animali. L'albero era ospitato a rotazione dai vari negozi, che lo decoravano a piacimento e lo allestivano bene in vista nei propri locali. Gli abitanti del villaggio depositavano donazioni di cibo per cani e gatti, gabbie e giocattoli per porcellini d'India, lettiere, buste di denaro e forniture varie. Era anche possibile lasciare il proprio nome su una lista, se si era interessati ad adottare un animale del rifugio. Era un progetto comunitario fantastico, che in modo estremamente concreto aiutava il rifugio a superare l'impegnativo periodo delle feste.

Quando non era intento a lisciarsi le piume, a nascondersi in soffitta o a defecare sui clienti che citavano la poesia da cui proveniva, Quoth faceva il volontario al rifugio. Particolarmente sensibile alla triste situazione degli animali malati e non desiderati a Natale, Quoth aveva proposto alla Libreria Nevermore di ospitare l'albero di beneficenza. Dopo molte lamentele, Heathcliff aveva accettato, a patto che l'albero fosse *minuscolo e non una maledettissima seccatura*. Con tali indicazioni ben presenti, io e Quoth ci eravamo recati al vivaio di alberi di Natale del boschetto King's Copse a scegliere il nostro albero, e lui si era innamorato di un abete rosso alto tre metri e mezzo, ricco di splendidi aghi. Cosa potevo dire? Chiaramente non *no*, visto che quello stesso albero ora dominava la stanza principale del negozio. Avevamo dovuto spostare la sezione di Fantascienza e il divano in pelle per fargli spazio nel bovindo, e comunque i rami arrivavano a toccare tutte e quattro le pareti della stanza, oscurando gran parte degli scaffali e proiettandosi come un'inutile tettoia sulla scrivania di Heathcliff. Dato che il soffitto era alto solo tre metri, i rami più alti raschiavano l'intonaco come tanti allegri tentacoli lovecraftiani che divoravano tutto ciò che incontravano.

Quando lo vide, Heathcliff andò fuori di testa... forse con un po' di ragione. Ma l'aveva promesso a me e a Quoth, quindi aveva deciso di sopportare la presenza dell'albero in un silenzio incancrenito. Va anche detto che quella non era l'unica cosa che veniva accolta in silenzio da Heathcliff: negli ultimi due giorni mi aveva rivolto a malapena una parola, e la cosa mi stava spezzando il cuore. Ora lo stavo osservando dall'altra parte della stanza mentre cercava di trattenersi dal picchiare Morrie, e non mi ero mai sentita così distante da lui.

Perché mai si arrabbia così tanto per una canzoncina di Natale? Vorrei che parlasse con me, invece di imbufalirsi. Morrie può anche tenergli testa, ma Quoth...

«Il mio albero è per *beneficenza*» sbottò Quoth, con una nota irritata nella voce. Quoth si arrabbiava di rado, preferendo tenersi tutto dentro. Heathcliff e Morrie dovevano andarci piano, quando si trattava del cuore grande e bello di Quoth.

«Esatto. Quoth ha voluto l'albero per gli animali. E Mina ha ottenuto i suoi maledetti fili argentati e il suo stupido presepe perché è fastidiosamente ostinata» ribatté Heathclif, rivolto a Morrie. «E ha anche un seno fantastico. Tu non hai un bel seno.»

«Però so essere molto fastidioso.» Morrie si avvicinò e girò la manopola del volume.

Il volto di Heathcliff diventò ancora più rosso. «Fai sparire quell'affare, o te lo ritrovi, insieme a tutti i tuoi arti, su per il buco del...»

«Bastava dire di no.» Morrie scosse il libro per togliere gli aghi dell'albero e girò pagina. «È il mio regalo di Natale per Mina. L'ho preso al mercatino di Natale del paese, insieme a un intero baule di vecchie cassette punk. Le piacerà un sacco. Lo sto solo testando per assicurarmi che funzioni. Non vorrai che faccia a Mina un regalo inutile, no?»

Alle parole di Morrie il mio cuore ebbe un sussulto. Uno stereo vintage e vecchie cassette punk? Era un regalo *fantastico*.

Il che era un grosso problema. Morrie aveva trovato il regalo perfetto per me. Sapevo che Quoth mi stava preparando qualcosa, perché nella sua stanza c'era un riquadro di tela con un lenzuolo sopra, e non voleva assolutamente che sbirciassi per vedere cosa nascondeva. Poiché era un artista straordinario, sapevo che qualsiasi cosa avesse creato sarebbe stata fantastica. Heathcliff sosteneva categoricamente di non credere nei regali di Natale, ma si comportava in modo così strano che non sapevo se stesse mentendo. Se era così, significava che tutti e tre i miei fidanzati avevano pensato molto a cosa regalarmi.

E io non avevo nessuna idea di cosa fare per loro. Erano così diversi che tre copie dello stesso regalo impersonale non sarebbero bastate. Ogni volta che pensavo a qualcosa che potesse andare bene per uno, non riuscivo a trovare un'idea equivalente per gli altri due. Non volevo che uno di loro si sentisse meno favorito degli altri. Si stava rivelando l'esperienza di acquisto natalizio più stressante da quando avevo sette anni, il periodo in cui mia madre si era unita a una setta e aveva deciso che tutto ciò che possedevamo doveva essere fatto di canapa.

Chi avrebbe mai detto che avere tre fidanzati fosse così maledettamente complicato a Natale? Non potevo...

Oh, no. Mi concentrai di nuovo sulla scena che avevo

davanti. Avevo lasciato che i miei pensieri mi distraessero e ora...

Heathcliff aveva *quello* sguardo.

Lo sguardo *che uccide*.

Con le mani alzate per proteggermi il viso dai rami sporgenti, feci un passo avanti e andai a piazzarmi tra di loro prima che Heathcliff scatenasse una tempesta di furia gotica. «Ehi, ragazzi, è Natale. La regola numero uno di Mina, del nuovo regolamento di Natale per il negozio, è che durante le feste non si litiga. Morrie, il tuo regalo è davvero molto dolce, ma credo che forse dovresti abbassarlo...»

«Non è giusto. Ora sai cosa ti regalo.» Morrie mise il broncio. «Dovrò trovare qualcos'altro, se voglio farti una sorpresa.»

«Tranquillo! Non serve...»

«L'hai sentita. Adesso lo spengo io.» Heathcliff attraversò la stanza a grandi passi.

«Non puoi» sbottò Morrie.

«Perché no?»

«Ho incollato il pulsante» spiegò lui con un sorriso, indicando la parte superiore della scatola. «Questo affare suonerà i canti di Natale di Snoopy, giorno e notte. Prego, non c'è di che.»

«Ti trasformo in carne per cani.» Le enormi mani di Heathcliff strinsero il collo di Morrie, al quale uscirono gli occhi dalla testa: un'imitazione perfetta di Homer Simpson che strozza suo figlio.

Il problema era che Morrie non era un personaggio dei cartoni animati e aveva bisogno di aria, se voleva continuare a respirare, baciarmi ed essere il solito fastidio ambulante. Afferrai le mani di Heathcliff e cercai di staccarle dal collo di Morrie. «Heathcliff, lascialo andare. Gli stai facendo male...»

«Oh, ma che dolci. È bello sentire questo spirito del Natale alla Nevermore!»

Sobbalzai quando la signora Ellis entrò ciabattando nella stanza, insieme a una ragazzina dall'aria imbronciata che accompagnò subito ai volumi Young Adults, esposti in bell'ordine sull'unico scaffale libero della stanza. La signora Ellis ammirò i re magi che pomiciavano nel presepe e ci guardò deliziata, apparentemente senza rendersi conto dell'omicidio che si stava perpetrando proprio davanti ai suoi occhi.

Heathcliff lasciò Morrie, che crollò in avanti, portandosi le mani al collo. «Mi ha salvato la vita, signora Ellis» rantolò.

«Ma non fare il tragico!» Heathcliff tornò alla sua sedia e si buttò a sedere. Il movimento improvviso gli fece cadere addosso una pioggia di aghi. Lanciò un'occhiataccia alla grande borsa di stoffa che la signora Ellis portava a tracolla. «La prego, mi dica che ha una fiaschetta lì dentro. Ho un disperato bisogno di un brindisi natalizio.»

«Non oggi, temo. Sto facendo Babbo Natale, e sto consegnando i regali a tutte le mie persone preferite in giro per il villaggio: il Club dei Libri Banditi, le Sferruzzatrici, il mio circolo Pensionati "Bondage e Disciplina"...» La signora Ellis frugò nella borsa e tirò fuori una grande scatola avvolta in una carta coloratissima, che porse alla ragazza che era con lei. «Ho portato mia nipote Jonie perché mettesse un regalo sotto l'albero. Rimarrà con me durante le vacanze di Natale, mentre mia figlia Deirdre è a Parigi con il suo nuovo fidanzato. Jonie adora tutti gli animali. A Deirdre non piacciono, quindi Jonie non può tenere un animale in casa, ma questo Natale sarà felice di aiutare gli animali di Argleton a trovare una sistemazione permanente.»

Jonie non sembrava particolarmente felice di aiutare. In effetti, con i loro volti corrucciati e gli occhi tempestosi, lei e Heathcliff avrebbero potuto essere gemelli. Un paio di trecce scure le ricadevano sulla felpa, in un'acconciatura che le accentuava l'espressione triste e cupa. Non curandosi dell'umore della nipote (come in effetti faceva con molte altre cose), la signora Ellis la spinse verso di me. «Vai, cara. Mina ti mostrerà dov'è l'albero.»

«Non si può sbagliare, brutta befana cieca» mormorò Heathcliff, mentre indicavo a Jonie la pila di regali che troneggiava davanti alla conifera gargantuesca.

«Ehi!» Gli diedi uno schiaffo sul braccio. «Non prendere in giro i ciechi.»

Nonostante l'umore sotto i tacchi, Heathcliff ebbe la decenza di fare finta di essere imbarazzato. Anche se io me la stavo cavando molto meglio rispetto a quando avevo scoperto di essere affetta da una rara malattia chiamata retinite pigmentosa, non ero ancora pronta a scherzare sul degrado della mia vista.

Tuttavia, Heathcliff aveva ragione. In effetti, era proprio difficile non vedere l'albero. Urtai un ramo, e feci cadere a terra una pioggia di aghi. «Puoi mettere il regalo dove vuoi. Abbiamo iniziato la raccolta solo oggi, ma alcune persone hanno già fatto la loro donazione.» Non volevo dire in presenza di Heathcliff che la maggior parte dei regali erano stati fatti da me e Quoth.

Jonie si chinò brontolando e infilò il suo pacco sotto l'albero. Poi si rimise in piedi, strofinandosi le braccia. «Si gela qui dentro.»

«Sono d'accordo.» Rabbrividii, colpita da una folata di vento freddo. Da quando il tempo era cambiato, in negozio c'erano delle vere e proprie correnti d'aria fredda. Avevo coperto gli spifferi delle finestre, ma non era servito a nulla e non avevamo idea da dove venisse tutto quel freddo. Nemmeno spendere una piccola fortuna in legna da ardere, per entrambi i piani, era servito a riscaldare l'ambiente. «Signora Ellis, dovrebbe presentare Grimalkin e Quoth a Jonie. Scommetto che le piacerebbero...»

«Mina, cara!» Il campanello del negozio trillò e una voce familiare invase il negozio. «Ho qualcosa di straordinario da mostrarti.»

Un istante dopo, mia madre entrò dalla porta della sala principale, brandendo un'enorme borsa di stoffa e tenendo in equilibrio tra le braccia rotoli di carta da regalo colorata. Era ricoperta da capo a piedi di sbrilluccicanti decorazioni natalizie: dal cappello da elfo scintillante posizionato in testa con un'angolazione sbarazzina, alle spille da fatina del Natale attaccate su tutta la camicetta, ai braccialetti di perline tintinnanti ai polsi. Sembrava un albero di Natale.

«È arrivato il mio nuovo assortimento, ed è divino... Oh, Mina, come hai *potuto*?» Con voce carica di dolore, mia madre gettò a terra le sue cose, facendo volare in tutte le direzioni aghi e carta da regalo. Rimasi a bocca aperta quando vidi che prese da sotto l'albero il regalo che la ragazzina aveva portato, per poi scartarlo strappando via la carta. «Ti avevo detto che avrei sponsorizzavo io l'albero di beneficenza. Tutti i regali devono essere incartati con la mia carta speciale *Betlemme Brillantosa!*»

Betlemme Brillantosa era il nome della nuova *attività* di mia madre. Aveva da poco perso il lavoro di lettrice di tarocchi presso il negozio New Age locale dopo che uno dei suoi kit di sapone fai-da-te era esploso. Per fortuna, Helen Wilde non si lasciava mai abbattere dai contrattempi o dalla fredda e dura realtà. Si era buttata a capofitto nel suo ultimo progetto: vendere carta da regalo, decorazioni, e palle di Natale di design a prezzi esagerati. A differenza di molti altri suoi progetti, i prodotti in realtà erano molto carini, ma avevano un prezzo assurdo e sapevo che da gennaio in poi non sarebbe riuscita a piazzare un filo argentato neanche a un elfo.

Non avrei mai dovuto accettare da lei due scatole di

decorazioni per addobbare il negozio e l'albero, in cambio di una pila di suoi biglietti da visita da esporre sul bancone. Avevo capito che la sua idea di *sponsorizzazione* era quella. A quanto pareva, lei aveva piani molto più in grande.

«Cosa fa al mio regalo?» chiese Jonie, mettendosi le mani sui fianchi.

Afferrai la scatola dalle mani di mia madre e cercai di riappiccicare il nastro adesivo. «Mamma, non puoi pretendere che tutti usino i tuoi prodotti. Sponsorizzare significa donare la carta da regalo. Se le cose stanno così...»

«Santo cielo, no! Non posso permettermelo!» Cominciò a tirare fuori dalla borsa altri rotoli di carta luccicante, e nastrini lucidi. «Ah, idea: organizzerò un tavolo per fare i pacchetti. I clienti potranno pagarmi per impacchettare i loro regali e allo stesso tempo potranno curiosare tra i miei prodotti!»

Inorridii. Forse Heathcliff aveva ragione a pretendere qualcosa di forte. «È un'idea carina, mamma, ma temo che non ci sia spazio per un tavolo per impacchettare i regali...»

«Sciocchezze. Non sarà affatto d'intralcio.» Mia madre spostò una pila di libri dall'angolo della scrivania di Heathcliff. «Mi sistemerò proprio qui, così i clienti mi vedranno appena entrano.»

Heathcliff esplose. «Un momento, signora Wilde. Nessuno tocca la *mia* scrivania.»

«Ho portato anche un regalo ancora da incartare, a scopo dimostrativo.» Ignorando le proteste di Heathcliff, mia madre tirò fuori una bottiglia di vetro con un vaporizzatore. «Questo è un estratto di erba gatta. Lo produce Sylvia Blume. Basta spruzzarlo in giro e aiuta i gatti a sentirsi calmi e giocosi.»

Cominciò a spruzzare il tappeto davanti alla scrivania. Un odore sgradevole, come di giornale umido e di benzina, mi aggredì le narici. La signora Ellis si tappò il naso. Jonie fece una smorfia.

«Miaoooo!» Grimalkin fece una capriola in aria, atterrando sul tappeto e rotolandosi nello spray come un tossicodipendente che assapora la prima dose della giornata.

«Visto?» Mia madre era raggiante. Posò la bottiglia sul bancone e srotolò una carta lucida ricoperta di renne. «Ora, per avvolgere un regalo dalla forma irregolare come questo, devi piegare questo bordo verso il basso e pieghettarlo...»

«Nessuno pieghetta un bel niente sulla mia scrivania!» sbottò Heathcliff.

«Buon Natale.» Un viso occhialuto sbucò da dietro la porta. Il nostro contabile, Bertie Robinson, varcò con cautela la soglia. Bertie si occupava della contabilità del negozio già con il precedente proprietario, il signor Simson. Praticamente, dalla notte dei tempi. Dopo la scomparsa del signor Simson, Heathcliff aveva mantenuto Bertie, che era la voce stoica e ragionevole che riusciva a contrastare i suoi umori imbizzarriti. Bertie indossava il suo solito abito nero (con una spolveratina di neve sulle spalle) e una cravatta grigia decorata con foglie di agrifoglio. Non l'avevo mai visto così festoso. «Mina, Heathcliff, sono venuto per iniziare a fare i conti.»

Sollevai un sopracciglio per la sorpresa. Bertie veniva sempre a ritirare il nostro libro mastro il 25 del mese alle 14.00. Era così puntuale che lo si poteva usare per regolare gli orologi. Era in anticipo di tre giorni e cinque ore. *Che succede?*

«Mi scuso per l'anticipo, ma ho inviato un'e-mail» balbettò Bertie, percependo il mio disagio.

«Io non l'ho letta» mormorò Heathcliff.

«Sto cercando di sistemare qualcosina prima delle vacanze e... beh, mia moglie ha perso il lavoro all'ufficio postale e io ho sette bocche da sfamare e quei soldi mi farebbero davvero comodo.»

«Hai sette figli?» Morrie sembrò inorridito. «Ti dovrebbero internare.»

Bertie scosse la testa mentre scavalcava Grimalkin, che stava ancora sguazzando nel suo paradiso impregnato di erba gatta. «Princess, il nostro golden retriever, a ottobre ha partorito cinque cuccioli. Non sapevamo nemmeno che fosse incinta. I cuccioli hanno bisogno di cibo speciale e di controlli veterinari, e con Elizabeth disoccupata non ce li possiamo permettere. Per questo speravo di poter chiudere in anticipo i conti del negozio e magari, per una volta, farmi pagare la fattura in tempo.»

Anche Bertie sembrava un cucciolo indifeso, in bilico sulla soglia e con occhi spalancati e speranzosi. Pensai alle ricevute e alle fatture non pagate che erano sparse in giro per l'ufficio. Il giorno prima avevo cercato di fare un po' di conti, ma avevo perso la mia penna brillantinata preferita, e avevo dovuto cercarla in giro per tutto il negozio. Poi Heathcliff si era messo a urlare per l'esposizione di libri di Natale che avevo fatto all'ingresso, e avevo dovuto tranquillizzarlo.

«Temo che le cose siano un po' in disordine» dissi.

Bertie si rallegrò in volto. «Sai, avevo intenzione di parlarti, Mina. La tua vita sarebbe molto più semplice se passassi a un sistema online. Potresti tenere tutto in ordine e vedere i dati in tempo reale e...»

«No, non la voglio» gridò Jonie.

Mi girai in tempo per vedere mia madre che drappeggiava una ghirlanda di filo argentato intorno al collo di Jonie. Dal filo pendevano dei piccoli ornamenti a forma di cane che indossavano dei berretti da Babbo Natale. Mentre Jonie si contorceva per cercare di liberarsi, mia madre le passò intorno l'estremità del filo, avvolgendola tutta come una mummia natalizia.

«Questo è il mio assortimento per gli amanti degli animali» spiegò mia madre di fronte alle proteste di Jonie. «Ho anche dei biglietti d'auguri coordinati, dei calendari dell'avvento e...»

«Ti aiuta Heathcliff, Bertie» dissi mentre cercavo di aiutare Jonie a liberarsi dal filo. «È lui il proprietario del negozio, quindi è con lui che devi parlare della contabilità sul cloud.»

Bertie si irrigidì visibilmente. «Oh, no, non vorrei disturbarlo. Guarda, torno più tardi, quando siete liberi. Sono sicuro che Heathcliff è molto occupato.»

«Sono qui, Bertie» gridò Heathcliff. «E proprio oggi sarei felice di parlare dei conti. Vieni nel mio ufficio.»

Bertie rabbrividì. «L'ultima volta che sono entrato là dentro mi hai chiuso le dita nel registro.»

«Non puoi continuare a lamentarti di questa cosa.»

«Un momento, Heathcliff.» Mia madre si avvicinò a lui, brandendo un enorme berretto da Babbo Natale adornato di brillantini rossi. «Per te ho preso questo. Ho pensato che saresti perfetto per interpretare Babbo Natale per i bambini del centro giovanile del quartiere popolare quest'anno...»

«Conti. Subito.» Heathcliff afferrò la spalla di Bertie e lo trascinò in ufficio, sbattendosi la porta alle spalle e lasciando mia madre con il berretto rosso a mezz'aria.

«Cra!» Quoth era riapparso sopra la porta nella sua forma di corvo. Sbatté le ali per attirare la mia attenzione su alcuni clienti appena entrati.

«Miao!» Era Grimalkin che camminava impettita sulla scrivania di Heathcliff. E nel farlo rovesciò dal bordo lo spray di erba gatta.

«Oh, no, dimmi di no.» Mi lanciai e riuscii a prendere la bottiglia al volo, prima che si schiantasse a terra. Grimalkin mi lanciò un'occhiata schifata e si coricò a pancia in su.

«Siamo arrivati in un brutto momento?» Una madre e un bambino, con in mano una pila di regali incartati, si fermarono davanti agli scaffali di Poesia. «Volevamo solo lasciare i nostri doni per gli animali.»

«No, no, entrate pure.» Mentre li accompagnavo verso

l'albero, notai altre persone dietro di loro. Dissi a Morrie di occuparsi di mia madre e di quel maledetto gatto, sfoderai il mio miglior sorriso da Servizio Clienti e andai a parlare con i nuovi arrivati. Imbarazzata, mi passai una mano tra i capelli. Avevo cercato di sfoggiare un look adatto all'occasione e mi ero appuntata un filo argentato tra i capelli, ma molte delle mie forcine scintillanti erano sparite, così la mia acconciatura continuava a crollare.

«Guardate questi bei libri di fiabe sul Natale!» esclamò una donna, prendendone uno dall'espositore.

«E queste edizioni rilegate in pelle.» Un uomo che indossava un orrendo maglione con le renne sbirciò un set completo delle opere di Jane Austen. «È il regalo perfetto per mia moglie.»

«Queste decorazioni sono deliziose.» Cynthia Lachlan mise le dita sui fili che avevo usato per rivestire gli scaffali della sala. «Devo prenderne un po' per Casa Lachlan. È bello vedere che la Libreria Nevermore ha finalmente abbracciato lo spirito natalizio.»

Ero raggiante per tutte quelle lodi. Da quando avevo iniziato a lavorare lì, avevo sempre desiderato che tutti ad Argleton si rendessero conto che la Libreria Nevermore era speciale e magica, e che il suo burbero proprietario in realtà era un grande e morbido orsacchiotto. Se ero riuscita a far realizzare la prima cosa, allora sicuramente la seconda era dietro l'angolo.

I regali si accumulavano sotto l'albero con l'arrivo sempre più numeroso degli abitanti del villaggio. Morrie era riuscito a convincere mia madre a lavorare con l'antico registratore di cassa, e lei chiacchierava tutta giuliva con i clienti mentre offriva loro carta da regalo costosa e "brillantosi contenitori da regalo", qualunque cosa intendesse con quell'espressione. Appollaiato sulla spalla di Morrie, Quoth prendeva con il becco i libri dagli scaffali e li porgeva ai clienti, mentre Morrie decantava i vantaggi di un libro come regalo di Natale. Heathcliff e Bertie rimasero chiusi nell'ufficio, il che forse era meglio, visto che non avevo mai visto il negozio così pieno. Grimalkin si stava ancora dimenando sul tappeto impregnato di erba gatta. Il mio stomaco si agitò in una danza vertiginosa e felice.

Mentre aiutavo un bambino a trovare un posto sotto l'albero, entrò Tabitha O'Shea. Tabitha era un'amica molto altolocata di Cynthia Lachlan e quel giorno aveva un aspetto impeccabile, con un cappotto di cashmere pregiato che le segnava i fianchi, dei pantaloni di pelle e un paio di tacchi alti Louboutin. Suo marito era un diplomatico e di solito si trovava all'estero per lavoro, quindi Tabitha riempiva il tempo affondando le unghie perfettamente curate in un milione di progetti comunitari (e anche, secondo quanto diceva la signora Ellis, in diversi scapoli desiderabili della comunità). Faceva volontariato al centro giovanile dei palazzi popolari insieme a mia madre, e al rifugio per animali insieme a Quoth, e ogni anno era anche responsabile dell'organizzazione dell'albero di beneficenza. «Mina, non so dirti quanto siamo felici che quest'anno sia tu a occuparti dell'albero.» Tabitha era raggiante e mi stringeva le mani mentre guardava con stupore l'albero maestoso e la pila di regali. «La Libreria Nevermore non ha mai partecipato prima, ma vedo già che questo sarà il miglior albero mai visto. Gli animali saranno davvero viziati dalla generosità della città.»

«Grazie. Temevo che l'albero fosse un po' troppo grande, ma sembra che piaccia a tutti.»

«Sciocchezze. Un albero di Natale non è mai troppo grande e il tuo è semplicemente maestoso!» Girò intorno all'albero, (o meglio: intorno alla parte dell'albero dove si poteva andare senza sbattere contro il muro) e sfiorò gli sfarzosi addobbi di mia madre. «E queste decorazioni! Sono a dir poco stupefacenti. È un paese delle meraviglie natalizie qui dentro. Sarà la location perfetta per il servizio fotografico del calendario!»

«Il... cosa?»

«Non te l'avevo detto?» Le brillarono gli occhi. «Ogni anno il villaggio organizza un calendario di beneficenza per l'anno nuovo. Le personalità locali fanno da modelli per ogni mese, in posa davanti all'albero oppure con diversi oggetti di scena a tema natalizio. Tutte le aziende locali contribuiscono con oggetti di scena e perizomi con il loro logo. È un bel divertimento: sano e innocuo. Abbiamo prenotato il servizio fotografico, con un fotografo famoso che arriva da Londra, Roland Crabapple.»

«Roland Crabapple in persona farà le foto per il calendario di Natale?» Per poco non mi strozzai. Conoscevo i suoi lavori dai tempi in cui lavoravo nel settore della moda. Era famoso per le sue foto più... diciamo così, *osé* e per le feste BDSM delle celebrità. «Questo calendario sarà... per minori accompagnati?»

«Oh, certo, certo! Ma solo qualche petto nudo, o magari qualche chiappa sfrontata. Qualcosa che stuzzichi al punto giusto le casalinghe di Argleton.» Tabitha diede un'occhiata in giro per la stanza e il suo sguardo si posò su mia madre dietro il bancone. «In realtà mi chiedevo se potevo parlare con il signor Heathcliff. Penso che gli piacerebbe fare da modello...»

«DIAMINE, NO!» sbraitò Heathcliff da dietro la porta chiusa dell'ufficio.

Come ha fatto a sentirla? Evidentemente Heathcliff aveva un udito supersonico quando si trattava di essere coinvolto in eventi natalizi.

«Non farci caso.» Morrie si materializzò al mio fianco, sfoderando quel suo sorriso pericolosamente conturbante. «Heathcliff sarà anche uno gnoccolone, ma in realtà lui è il Grinch sexy che ha rubato il Natale. È l'ultima persona che vorreste sul calendario. Io, invece, sarei ben felice di assistervi...»

Tabitha guardò Morrie dall'alto in basso, mordendosi il labbro inferiore in preda a una incontenibile eccitazione. Se Morrie non aveva l'imponente mole e i muscoli di Heathcliff, in compenso aveva una statura notevole, muscoli asciutti e scattanti, e occhi di ghiaccio che sembravano mettere a nudo qualsiasi donna.

«Oh, ma è meraviglioso» disse Tabitha facendo le fusa. «E tu chi saresti?»

«James Moriarty, al tuo servizio.» Morrie si profuse in un inchino. «Sono il coinquilino di Heathcliff, e l'unica cosa che mi piace di più che spogliarmi per una buona causa è fare tutto il possibile per essere sulla lista dei cattivi di Babbo Natale.»

«Oh, sì. Andrai benissimo.» Tabitha passò le sue unghie curate lungo il braccio di Morrie. «Sono sicura di averti parlato del servizio fotografico, Mina. È già tutto pronto. Roland si è organizzato per arrivare da Londra, e vuole iniziare il servizio dopodomani alle sette in punto per catturare la luce del mattino presto. Questo significa che dovremo essere al negozio alle cinque, per montare le luci e preparare ogni altra cosa.» Poi si rabbuiò. «Oh, no. È davvero troppo presto, se i tuoi amici vivono al piano di sopra.»

«Già, più o meno.» Spostai lo sguardo verso la porta chiusa dell'ufficio. ALLE CINQUE DEL MATTINO? Ma manco morta. Non la vigilia di Natale, la mattina dopo il mercatino di Natale. Avevo già programmato di ubriacarmi di vin brûlé, di rimanere a dormire alla libreria e di scoparmi i miei maschioni per tutta la notte.

Morrie fece un gesto verso di sé. «Scusami, tesoro. Ma tutto questo ben di Dio ha bisogno di otto ore di sonno pieno.»

Tabitha abbassò lo sguardo. «Dimentica quello che ho

detto. Troveremo un altro luogo per le riprese. Forse Richard, del pub Rose & Wimple, ci lascerà usare la sala da biliardo...»

Mi venne un'idea. «Non preoccuparti.» Mi frugai in tasca e tirai fuori la chiave del negozio. «Ti do questa. È la chiave della porta d'ingresso. Potrete entrare e fare tutto quello che dovete fare. Ce la restituirete quando ci saremo alzati.»

Il volto di Tabitha si illuminò. «Sei sicura? Non vi disturberemo?»

«No, abbiamo il sonno abbastanza profondo.» *Soprattutto dopo una notte di alcol e sesso.*

Guardò il tavolo con il presepe. «Possiamo spostare un po' di cose? A Roland piacerà molto l'albero: è ossessionato dal fogliame. Però vorrà che l'illuminazione sia perfetta. Anche se accendiamo tutte le lampade, è un negozio molto buio.»

«Non lo dire a me.» Nonostante le lampade, continuavo a inciampare nelle cose e ad andare a sbattere contro gli scaffali. «Fate quello che serve, ma rimettete tutto a posto prima di andarvene. Portatevi del nastro adesivo per segnare la posizione esatta dei mobili, perché se un tavolo è spostato anche solo di qualche centimetro rispetto a dove dovrebbe essere...»

Lo sguardo di Tabitha si posò sulla porta chiusa dell'ufficio di Heathcliff. Deglutì, preoccupata. «Promesso. Grazie, Mina. La svolta che hai impresso a questo negozio è molto importante per me e per il villaggio.»

Mi salì un groppo in gola. Ero tornata ad Argleton avvolta da una coltre di vergogna e depressione dopo che mi era stata diagnosticata la malattia agli occhi e avevo perso il mio fantastico lavoro nel settore della moda. Mi sentivo una fallita e desideravo davvero dimostrare che potevo avere successo nella vita. Sapere che il lavoro che avevo fatto alla Nevermore era stato notato e apprezzato mi fece venire il magone. «Ti ringrazio, davvero. Sinceramente, pensavo che avrei odiato dover tornare ad Argleton, ma in realtà è... Grimalkin, *no!*»

Saltai dall'altra parte della stanza, e mancai di poco Grimalkin che si arrampicava sull'albero. La maledettissima gatta afferrò uno dei fili argentati e si lanciò come stesse facendo bungee jumping. I clienti schizzarono da tutte le parti mentre Grimalkin atterrava in piedi sul tappeto e si dirigeva verso le pile di libri, trascinandosi dietro il filo.

«L'erba gatta l'ha fatta impazzire.» Mi infilai tra gli scaffali proprio mentre Grimalkin si arrampicava sul fianco di una libreria.

«Cra!» Quoth si fiondò sulla gatta e afferrò l'altra estremità del filo. Grimalkin cadde a terra, rotolò sulla pancia e si mise a dare calci al filo con tutte e quattro le zampe. Pezzettini di carta scintillante volarono in tutte le direzioni.

«Mina, stanno rovinando tutte le decorazioni!» gridò mia madre.

«Gattina cattiva. Non si gioca con questo.» Rischiai la vita e un arto per toglierle il filo argentato dalle zampe. «Ci sono molti altri giochi da gatti in giro. Trovati uno di quelli.»

«Miao!» Grimalkin mi lanciò un'occhiataccia. Poi balzò in aria e si tuffò a zampe spalancate sull'albero, che traballò sul supporto. Mi lanciai, ma non fui abbastanza veloce. Un rantolo mi uscì dalla gola quando l'albero si rovesciò di lato, proprio nell'istante in cui Heathcliff stava uscendo dalla porta dell'ufficio. Filo argentato, aghi e grosse palle di vetro gli sbatterono sulla testa mentre faceva tutto il possibile per tenere in piedi l'albero.

«Odio questo maledetto affare» brontolò, con gli occhi dardeggianti. «Vorrei che non avessimo mai accettato di fare questa stupida cosa di beneficenza. Perché non lo fa qualcun altro, l'elfo di Natale? Così io potrò bere in santa pace. Che cazzo ci fa tutta questa gente nel mio negozio?»

Calò il silenzio.

«Scusate, gente.» Mi stampai un gran sorriso in faccia. «Heathcliff sta solo scherzando. Certo che...»

«Non sto scherzando.» Sul volto di Heathcliff imperversava una vera e propria tempesta. «Io *odio* il Natale! Vorrei che non esistesse!»

I bambini si intristirono all'istante. La loro madre lanciò a Heathcliff un'occhiata di rimprovero e li portò via. Tabitha scosse la testa con tristezza e fece un leggero schiocco con la lingua, in segno di disapprovazione. Sembrava che Jonie non sapesse se applaudire o scappare via. Mia madre cercò di recuperare la situazione spiegando che le decorazioni in realtà potevano essere usate tutto l'anno per *creare un effetto discoteca nel vostro salotto.*

Ah, il Natale. Il periodo più bello dell'anno.

2

«Heathcliff è così ogni anno?» chiesi a Quoth mentre guardavo che roteava il pennello nella vernice rossa e lo picchiettava sulla tela. Aveva girato il quadro dall'altra parte e mi aveva relegata in un angolo della stanza, in modo che non vedessi l'immagine, il che di certo non migliorava la mia ansia di trovare il regalo perfetto per lui.

«Di solito è peggio.» Quoth non alzò lo sguardo dalla tela. «Non ammette mai decorazioni nel negozio e brontola con chiunque dica "Buon Natale" o canticchi *Jingle Bells*. Il fatto che ci abbia permesso di mettere l'albero dimostra quanto ci tenga a te.»

«Beh... non è che ci abbia *permesso* di metterlo.» Sorrisi al ricordo. «L'abbiamo eretto io e Morrie mentre lui era ubriaco fradicio.»

«Vorrei che non fosse così.» Quoth distolse lo sguardo. «Che l'avesse fatto perché vuole davvero aiutare gli animali e non solo per farti felice.»

«Sono sicura che non vuole turbarti.»

«È vero.» Quoth non si voltò. «Grazie per avere insistito, Mina. È importante gestire l'albero della beneficenza. Al rifugio vedo animali di tutti i tipi e le loro storie mi rendono così triste. E ogni anno, nel periodo delle feste, la situazione peggiora. Sai quanti sono gli animali domestici che vengono regalati a persone che non sono pronte ad accoglierli? È orribile. E poi i poveretti vengono trascurati e abbandonati senza che abbiano nessuna colpa...»

Quoth scosse la testa e le sue spalle ebbero un sussulto. Ignorando palesemente l'ordine di stare alla larga dalla tela, mi avvicinai e lo abbracciai stretto. Inspirai il suo profumo di cioccolato e di erbe fresche. Quoth aveva ancora difficoltà a capire quale fosse il suo posto nel mondo: non era del tutto umano, eppure non era nemmeno un semplice uccello. Era molto di più. Per me era speciale, unico e meraviglioso, ma non era così che si vedeva quando si guardava. Lui vedeva un mostro che doveva nascondersi. Per Quoth, impegnarsi per il rifugio per gli animali era un piccolo passo verso lo stare meglio nella propria pelle.

Sapevo che la gestione dell'albero significava molto per lui: non si trattava solo di salvare animali abbandonati. Sarebbe stata una piccola dimostrazione che era anche lui parte del villaggio. Che non voleva più nascondersi. Che lo considerava la sua casa, tanto da metterci radici.

Quoth affondò la testa nella mia spalla. Anche se avevo voglia di sbirciare la tela mentre lo abbracciavo, non volevo rovinare la sorpresa che mi voleva fare. Gli sollevai la testa e lo baciai, esprimendogli i miei sentimenti con le labbra e con il corpo, perché era Natale e perché lui era bellissimo. Era *la mia* famiglia. Non doveva sentirsi solo.

Lo sentii sciogliersi. Dita leggere e riverenti coperte di vernice mi sfiorarono la guancia. Labbra calde e timide, ma piene di bisogno, sfiorarono le mie.

Ci muovevamo insieme, i nostri corpi appiccicati l'uno all'altro come spille da balia addosso a un punk. Quoth mi guardava mentre mi baciava: quegli occhi scuri mi fissavano come se stesse cercando di memorizzare ogni momento di noi due.

Volevo dargli qualcosa da ricordare.

Lo spinsi verso il letto, mentre gli sbottonavo la camicia. Gli premetti il palmo della mano contro il petto, e sentii il battito del suo cuore sotto la pelle. In qualche modo, dentro di lui esistevano parti di uccello e parti umane, mescolate tra di loro. Era una cosa che non poteva esistere, eppure era lì, carne e ossa rese reali e meravigliose. Era un miracolo.

Il mio miracolo.

I nostri baci si fecero più intensi mentre gettavamo via i vestiti. Volevo sprofondare dentro di lui, diventare parte del miracolo del suo corpo. Lui mi passò le dita lungo la schiena, provocandomi un delizioso brivido che non c'entrava nulla con quella maledettissima corrente d'aria che ci avvolgeva.

Quoth mi baciò il collo, poi la clavicola, per arrivare a quel punto che mi faceva rabbrividire di desiderio. Io allungai una mano e gli afferrai il sesso, accarezzandolo con delicatezza. Gli sfuggì un piccolo sospiro e notai che gli si irrigidirono le spalle.

«Bene, bene, bene. A quanto pare il nostro uccellino ha appeso la sua calza di Natale.»

Quoth si staccò rapido e balzò contro il muro, gli occhi spalancati che sembravano due fanali, e una serie di piume nere che gli spuntavano dalle guance. Mi girai di scatto, troppo presa dal momento, per vergognarmi della mia nudità.

Appoggiato allo stipite della porta, Morrie ci guardava con un sorriso malizioso. «Se continui a fare la birbantella con Quoth, finirai nella lista dei cattivi di Babbo Natale.»

Gli lanciai la mia camicia. «Non sei affatto divertente.»

«Io sono esilarante. Vi dispiace se mi unisco a voi?»

Volevo protestare, dire che quella notte doveva essere tutta dedicata a Quoth, ma Morrie stava già salendo sul letto, dall'altra parte. Mi prese la testa e mi baciò la bocca in un impeto sexy e voglioso. Sarei potuta svenire da un momento all'altro.

Con tutta la sua sensualità James Moriarty era in grado di annientare la mia volontà. Per Iside, quell'uomo sapeva come far risuonare il corpo di una donna, e aveva tirato fuori tutti i suoi trucchi: voleva restare ed era determinato a guadagnarsi un posto nel letto di Quoth.

«Dov'è Heathcliff?» mormorai. Non mi sembrava giusto che rimanesse fuori.

«È andato al pub per affogare i dispiaceri indotti dal Natale.» Morrie mi prese il viso per reclamare le mie labbra. «Anche se solo Ishtar sa perché l'ha fatto, visto che stasera c'è il quiz.»

Sembrava effettivamente strano. La serata quiz del Rose & Wimple avrebbe attirato al pub l'intero villaggio, e tutti avrebbero urlato le loro risposte, criticando le altre squadre e diffondendo una pericolosa allegria natalizia. Sembrava l'ultimo posto in cui Heathcliff avrebbe voluto andare. Ma poi Quoth premette di nuovo le labbra su quel punto della mia clavicola, e mi dimenticai anche del quiz.

La lingua di Morrie danzava sulla mia, e Quoth mi passò la punta delle dita sulla pelle, producendo scie di pelle d'oca che baciò prontamente per farle sparire. Affondai di nuovo tra le braccia di Quoth con un sospiro, mentre Morrie si scostava, per concentrarsi su un capezzolo.

Sussultai di piacere quando ci girò intorno con la lingua e poi passò i denti su quel bottoncino oltremodo sensibile. Fui attraversata da una scossa di desiderio. Gli afferrai un braccio mentre passava all'altro capezzolo, e le dita di Quoth si muovevano tra le mie gambe.

«Sdraiati, bellezza» sussurrò Morrie. «Stanotte, io e Quoth ti faremo camminare nel paese delle meraviglie dell'orgasmo.»

Se insisti. Mentre mi sistemavo sui cuscini, un soffio di aria fredda ci investì. Emisi un grido di sorpresa. *Maledetta corrente d'aria!*

Quoth tirò su le coperte e mi mise le braccia intorno. Fui investita da un'ondata di calore, che proveniva dal suo corpo, ma anche dalla nostra vicinanza, da ciò che condividevamo lì, in quel momento, quella notte. Gli occhi scuri di Quoth brillavano di amore e riverenza mentre infilava la testa tra le mie gambe.

Con la lingua si tuffò sul mio clitoride, disegnando dei lenti cerchi che mi mandarono fuori di testa. Morrie mi pizzicò un capezzolo e mi passò la lingua sulle labbra, con quel suo sorriso sfacciato che prometteva molto altro.

Il calore dentro di me crebbe e mi si diffuse lungo le vene finché non mi trovai a sfrigolare di fuoco e di desiderio. Quoth affondò un dito dentro di me, senza smettere di premere con la lingua. Morrie mi grattò ancora una volta un capezzolo con i denti, e la mia temperatura salì alle stelle.

Il mio corpo sussultò, attraversato da un orgasmo, languido come il flusso di un fiume che danza su ciottoli trasportati dal vento.

Quando mi sollevai da quel fiume, Quoth si chinò su di me, con un sorriso perfetto sulle labbra. Allungai una mano e gli afferrai un braccio, trascinandomelo addosso e stringendolo con le gambe. Quoth emise un mugolio mentre mi penetrava, un suono così tenero e bello che mi spezzò il cuore. Il suo respiro mi accarezzò il lobo di un orecchio. La lingua di Morrie giocava con la mia, il calore del suo corpo che si univa al nostro abbraccio.

Anche le carezze di Quoth erano languide: respirava piano, il suo sguardo catturava il mio, le sue dita si intrecciavano ai miei capelli. Mi aprì come un fiore a primavera, quegli occhi e quel cuore che spaccavano il ghiaccio invernale che mi aveva intrappolato la mente da quando avevo avuto la mia diagnosi.

Eravamo in perfetta intimità, con i suoi occhi che inghiottivano quelle parti oscure di me e mi lasciavano solo la luce del suo amore. Un secondo orgasmo stava per arrivare. Si inerpicò come un animale selvaggio e si abbatté su di me, mandandomi a sbattere contro i cuscini, il mio corpo che cedeva a quello di Quoth. Lui venne nello stesso istante, e percepii le sue labbra che tremolavano mentre si dondolava addosso a me in rispettosa beatitudine.

«Sembra che Babbo Natale non sia l'unico che viene in città» mi sussurrò all'orecchio Morrie.

Gli diedi una gomitata e lui cadde di schiena sui cuscini, con le mani dietro la testa e quel sorriso sfacciato sulle labbra. Quoth rotolò via. Io mi accomodai sopra l'uccello di Morrie e gemetti a bassa voce, con il mio corpo che cedeva e si apriva per accogliere le sue notevoli dimensioni.

Premetti la bocca contro la sua, soprattutto per farlo finalmente stare zitto.

Lui gemette quando premetti con forza il pube su di lui. Quella sera il mio cuore era con Quoth, ma anche Morrie aveva una parte di me. Mi aveva scatenato qualcosa di selvaggio e potente. Non per niente di cognome facevo Wilde, *selvaggia,* e non mi ero mai sentita più libera o più audace di come mi sentivo con lui. I due mi guardarono ammirati, mentre mi prendevo ciò che volevo.

Mi piaceva. Stare con i miei tre fidanzati mi faceva sentire importante, invincibile. Pazienza, se stavo diventando cieca. A chi poteva interessare? Avrei spaccato, proprio come stavo spaccando il mondo di Morrie in quel momento.

«Stai sorridendo.» Morrie mi affondò le unghie nei fianchi mentre sollevava il bacino verso di me. «Ti rende felice farmi tintinnare le campanelle?»

«Forse.» Feci un sorriso ancora più ampio e mi strusciai su di lui. Lui serrò i denti. I suoi muscoli si irrigidirono. Mi allungai e gli infilai una mano tra le gambe, raschiando con l'unghia quel tratto di pelle sensibile tra le palle e l'ano.

«Tu scendi dalle palle...» gli cantai sussurrandogli all'orecchio. Morrie scoppiò a ridere mentre veniva, scosso da uno spasmo in tutto il corpo e un accesso di tosse.

Crollammo tutti e due, ridendo e abbracciandoci, stringendoci mentre un'altra folata di aria fredda investiva la stanza. Quoth accoccolò il viso sulla mia spalla, con un orecchio appoggiato al mio petto. Morrie abbracciò entrambi e le sue labbra mi sfiorarono la testa. Da qualche parte al piano di sotto, l'edificio scricchiolò, in segno di protesta.

Il campanello della porta d'ingresso trillò. *Dev'essere Heathcliff, tornato dal pub. Chissà se ha già bevuto abbastanza per essere di buonumore...*

Accanto a me, Morrie prese il telefono dal comodino di Quoth e iniziò a scorrere e a picchiettare. Allungai il collo per vedere cosa stesse facendo, ma lui scostò il telefono.

«Non sbirciare. Sto preparandoti una sorpresa di Natale come non ne hai mai viste.»

«Ma mi hai già fatto un fantastico regalo di Natale. Quelle cassette...»

«Oh, quelle sono per adesso. Da gustarti al massimo del volume. Quando c'è Heathcliff nei paraggi.» Morrie sorrise, e mi baciò una guancia. «Consideralo un regalo pre-natalizio. Per il grande evento ho pensato a qualcosa di migliore.»

Mi buttai sul cuscino con un gemito. Fantastico. Ora, non solo dovevo inventarmi tre regali di Natale epici, ma dovevo anche pensare a dei regali pre-natalizi?

QUANDO RIAPRII GLI OCCHI, dalla finestra entrava una luce grigiastra, che disegnava un riquadro sul letto stretto. Mi sfilai da sotto il braccio di Morrie e mi avvicinai alla finestra, osservando le piccole macchiette bianche che si muovevano in aria.

Neve!

Aveva già nevicato all'inizio della settimana, ma Heathcliff mi aveva tenuta nel magazzino a fare un inventario e me l'ero persa. Beh, quella non me la sarei persa. Misi la testa fuori dalla finestra e respirai il profumo frizzante dell'inverno. Fiocchi di neve mi caddero sul viso, mi si fermarono tra i capelli e...

«Chi è che fa entrare questa corrente d'aria?» borbottò Morrie, tirando le coperte per coprirsi le chiappe nude.

Saltai sul letto, e svegliai entrambi i miei ragazzi facendoli sobbalzare. Quoth cercò di trascinarmi di nuovo sotto le coperte, ma rifiutai.

«Sta nevicando!» Diedi una gomitata sulle costole a Morrie. «Facciamo gli angeli di neve. Costruiamo un pupazzo di neve e vestiamolo da hipster. Ehiii, e dobbiamo fare una battaglia di palle di neve...»

«Oppure... ecco un'idea.» Morrie sollevò un dito. «Potresti tornare a letto e io e Quoth ti facciamo suonare tutti i campanelli della slitta.»

Gli strappai il cuscino da sotto la testa e glielo sbattei addosso. «Alzati. È un ordine. Heathcliff! Non mi interessa se hai i postumi della sbornia: è ora di svegliarsi!»

Mi districai da Morrie e Quoth e cercai i miei vestiti. Saltellando in giro per la stanza mi infilai i leggings di pile e la felpa Blood Lust di Quoth per riscaldarmi ulteriormente. Morrie si fiondò di nuovo su di me, ma io gli sfuggii e mi lanciai giù per i ripidi gradini della soffitta.

«Heathcliff, alzati! Sta nevicando! Facciamo una battaglia a palle di neve e pretendo che tu ti unisca a noi. Potrai sfogare un po' di quella tua aggressività natalizia repressa con... ooohhhhh!»

Atterrai con un piede su una pallina tutta luccicante in fondo alle scale. E la caviglia non mi resse.

CRASH. Crollai a terra. Il mio ginocchio andò a sbattere contro la porta di Heathcliff.

«Ahia» gemetti, stringendomi il ginocchio. Grimalkin sporse la testa dall'angolo del soggiorno.

«Miao?»

«Sì, sì» mormorai. Mi appoggiai al muro e sollevai l'orlo dei leggings per ispezionare il livido che mi stava già spuntando sul ginocchio.

«Mina, stai bene?» Sentii dei passi che scendevano le scale. Quoth si mise accanto a me, gli occhi spalancati. Dietro di lui, la porta di Heathcliff si aprì di scatto. Un fascio di luce illuminò il tappeto del corridoio, per poi essere oscurato, un istante dopo, da un'ombra massiccia. Heathcliff incombeva su di me, con gli stessi vestiti e lo stesso cappotto del giorno prima, i capelli tutti arruffati e una piega da cuscino sulla guancia. Socchiuse gli occhi scrutando la pallina che tenevo in mano.

«Cosa ci fa qui?» chiese. «Eravamo d'accordo: niente decorazioni natalizie nell'appartamento.»

«Non l'ho portata io.» Me la rigirai in mano e notai la targhetta "Betlemme Brillantosa" attaccata sul retro. «È una delle decorazioni dell'albero. Magari ti si è attaccata ai vestiti ieri sera. Guarda, c'è un po' di pelo nero sotto il filo.» La sollevai per avvicinarla al bordo del cappotto sgualcito di Heathcliff, e inspirai un forte aroma di birra.

«È vero» borbottò Heathcliff. «Credo di essere andato a sbattere contro quel maledetto albero ieri sera. Mistero risolto. Ora ho un appuntamento con il mio whisky mattutino e...»

Lo strattonai verso le scale. «Andiamo, signor Cupo

Brontolone. Ora faremo una battaglia di palle di neve, che ti piaccia o no.»

Morrie e Quoth arrivarono dalle scale dietro di lui e gli impedirono di scappare.

«Miao!» Grimalkin gli saltò su una spalla. Affondò gli artigli e gli lanciò un'occhiata adorabile. Heathcliff fece un sospiro, ma alla fine scese le scale dietro di me.

Una perfetta giornata invernale. Attraversai il pianerottolo e iniziai a scendere la scala principale, mentre mi infilavo il berretto e i guanti di lana. *Forse dopo potremmo andare in pasticceria a prendere una cioccolata calda. E invitare anche la signora Ellis e Jonie. Scommetto che la neve le toglierà il broncio...*

Mi bloccai, senza fiato.

No.

Non era possibile.

Come...

L'imponente albero di Natale era sparito, con tutti i regali.

3

Rimasi immobile, in preda allo shock. Come era possibile che l'albero fosse *scomparso,* così? La sera prima, quando avevo chiuso il negozio, c'era. Avevo persino lasciato le lucine accese, in modo che chiunque passasse di lì per andare al pub vedesse lo scintillio dalla vetrina e si sentisse felice.

Non era possibile che l'albero fosse sparito. Ci erano volute tre persone per portarlo fin lì. Non era un oggettino che si poteva rubare nascondendolo in una borsetta.

Però era scomparso. E anche i regali. Rimanevano solo un paio di palline rotte e un anello di aghi di abete a terra.

No. Non può essere vero.

«Ehi, perché hai frenato, signor Musolungo?» borbottò Morrie, quando Heathcliff si bloccò imprecando.

«Mina, che c'è che non va?» chiese Quoth dalla cima delle scale.

Deglutii. Mi schiarii la voce. Poi ritrovai le parole. «L'albero è sparito.»

Un battito d'ali e le grida di Morrie risuonarono dalle scale dietro di me. Un attimo dopo un corvo nero discese in volo e si posò al centro del tappeto vuoto. Camminava su e giù, becchettando gli aghi sparsi. Non avevo mai visto un uccello con un'aria così sconfortata.

Quoth si materializzò di nuovo, tutto tristezza e nuda pelle di alabastro. Crollò a terra in ginocchio e studiò gli aghi. «Chi farebbe una cosa del genere?»

«Che liberazione» borbottò Heathcliff, accomodandosi sulla sua poltroncina. «Quella cosa era una gran seccatura. Ed era anche pericoloso per la salute e la sicurezza.»

Quoth si girò dall'altra parte. Non voleva che Heathcliff vedesse quanto era sconvolto. Non potevo biasimarlo. Quella raccolta fondi per beneficenza era importante per lui, per non parlare del fatto che metà degli abitanti del villaggio aveva già portato dei regali che in qualche modo noi ci eravamo fatti rubare. Heathcliff si stava comportando da vero insensibile, senza averne alcun motivo.

Lo presi per un braccio. «Alzati.»

«Perché? Non penserai ancora a giocare con la neve?»

«*Subito.*» Lo trascinai fuori. Arrivati sugli scalini dell'ingresso sentii uno scampanellio. Notai Earl Larson, uno dei senzatetto locali con cui Heathcliff aveva fatto amicizia, che dormiva sotto il davanzale della finestra. Quando ci vide fece per muoversi, ma poi il suo gattino nero miagolò e lui si accoccolò di nuovo per tenerlo al caldo.

Guardai Heathcliff. «So che sei irritato per il Natale, ma devi darti una calmata. Questa è una cosa seria. Stai sconvolgendo Quoth.»

«Gli passerà.» Heathcliff cercò di sottrarsi alla mia presa.

«Quello a cui deve passare sei *tu*. A parte il fatto che ora non abbiamo più niente da dare in beneficenza, ieri sera qualcuno è entrato nel negozio. Non è qualcosa di cui dovresti preoccuparti?»

«Ah. Merda.» Heathcliff si fece improvvisamente serio e

preoccupato. Per la prima volta, sembrava spaventato. Prima che potessi fermarlo, era già tornato dentro, di corsa.

Lo seguii mentre passava oltre Morrie per correre alla scrivania. I suoi occhi si muovevano frenetici e apriva tutti i cassetti, borbottando sottovoce.

«Heathcliff, che c'è?»

«È... è ancora qui!» Heathcliff sbatté il cassetto inferiore prima che potessi guardarci dentro. Poi brandì una bottiglia di whisky.

«Che cos'è?»

«L'ho vinto al quiz ieri sera. È il regalo di Natale che mi sono fatto.» Heathcliff tolse il tappo e mi porse la bottiglia. «È l'unico modo per sopportare il flusso costante di gente allegra che si aggira per questo posto. Almeno i ladri non hanno preso nulla di valore.»

Con un'esplosione di piume, Quoth riprese la sua forma di corvo. Si fiondò nella stanza accanto, gracchiando a squarciagola oscenità corvine.

Lanciai un'occhiataccia a Heathcliff. «Non posso crederci. Nonostante tu sappia bene cosa quest'albero significava per Quoth, a te interessa solo il tuo maledettissimo alcol. Ti comporti davvero come un Grinch natalizio...»

Il campanello del negozio tintinnò, interrompendomi a metà discorso. La bocca di Heathcliff si irrigidì in una linea serrata e rimanemmo a fissarci in un silenzio di pietra. Un istante dopo, apparve sulla porta la sergente Wilson, con un sorriso incerto e un pacchetto in mano. Il nostro rapporto non era dei migliori, visto che veniva costantemente chiamata al nostro negozio per indagare su casi di omicidio. Ma era abbastanza gentile e aveva anche una grande passione per gli animali: nel tempo libero faceva volontariato al gattile locale.

«Salve a tutti, Mina, Heathcliff, James. Sono venuta a portare un regalo per l'albero di beneficenza. Penso che quello che state facendo sia davvero meraviglioso... Ehi, dov'è l'albero?» La Wilson lanciò un'occhiata alla stanza, scrutando me e Heathcliff con occhi socchiusi. «Era qui, ieri sera. L'ho visto dalla strada mentre tornavo dal quiz al pub.»

«Qualcuno l'ha rubato!» Mi accovacciai a scrutare lo spazio vuoto dove prima c'era l'albero, nella speranza di trovare qualche indizio. «Può chiamare l'ispettore Hayes? So che Jo è andata a trovare la sua famiglia, ma abbiamo bisogno di una squadra della Scientifica per fare un sopralluogo completo della zona. Devono esserci degli indizi...»

«Signorina Wilde, non è una detective.» La sergente Wilson era passata alla modalità poliziotto. «Non è nemmeno un agente di polizia, quindi per favore non mi dia ordini. L'ispettore Hayes è in vacanza nel Lake District. E anche se fosse qui, non lo chiamerei, perché lui lavora alla Omicidi.» Tirò fuori il telefono e iniziò a mandare messaggi. «Proverò a chiamare l'ispettore Drudge, anche se in realtà non è necessario. Questo è un caso già risolto.»

«Davvero?» Morrie si sporse in avanti, la sua mente criminale solleticata dalle varie possibilità. «Mi faccia indovinare, in zona c'è un ladro seriale di alberi? Forse un ex operaio forestale che ha perso il lavoro quando hanno trasformato quella sezione del King's Copse in un vivaio per alberi di Natale...»

«È ovvio, no?» La sergente Wilson si mise le mani sui fianchi e lanciò un'occhiata a Heathcliff. «Il signor Earnshaw è andato in giro per tutto il villaggio a criticare le festività natalizie e la presenza dell'albero in questo negozio. Non più tardi di ieri ha dichiarato a gran voce, a una stanza piena di clienti e visitatori, che odiava l'albero e il Natale.»

«Come fa a saperlo?» Non ricordavo che la sergente fosse stata in negozio in quel momento, e mi dispiaceva vederla accusare di nuovo Heathcliff.

«Al pub non si parlava d'altro. Ed è proprio lì che si trovava ieri sera, signor Earnshaw, a bere come una spugna. Nessuno la voleva nella propria squadra per il quiz, perché tutti erano disgustati dalle sue osservazioni. Poi è scappato via con il suo premio, prima ancora che avessimo la possibilità di farle una foto con il simpatico berretto di Babbo Natale, una tradizione cittadina che risale all'epoca vittoriana! Richard ha detto che non l'avrebbe più voluta in nessuna serata quiz: pensi a quanto ha offeso tutti nel villaggio, lei... lei, brutto Grinch del Natale che non è altro!»

Heathcliff non fece una piega. Fissò la sergente Wilson, sfidandola con gli occhi scuri a dire altro. Io mi misi davanti a lui e incrociai le braccia. «Non può accusare Heathcliff senza...»

«Come testimone oculare, le dico solo quello che ho visto. A un certo punto, il suo ragazzo ha battuto un pugno su un tavolo con tale forza che lo ha incrinato. È evidente che aveva bevuto tanto da diventare prepotente. Poi è venuto qui, ha distrutto l'albero e l'ha nascosto per cercare di farlo sembrare un furto.»

«Ma che razza di stupidaggine» ribatté Heathcliff. «Quell'albero era alto tre metri e mezzo. Dove crede che me lo sia nascosto? Su per il cu...»

Lo interruppi. «Non credo proprio che il responsabile sia Heathcliff. Non sarebbe meglio approcciare qualsiasi crimine senza preconcetti sul colpevole?»

«L'idea è quella. Ma quando tutte le prove circostanziali portano a un solo sospettato...» La sergente Wilson toccò il telefono. «L'ispettore Drudge mi ha chiesto di fare una valutazione della scena per lui. Ho bisogno di una dichiarazione da parte di tutti voi. Mina, quando ha visto l'albero per l'ultima volta?»

«Era qui quando ho chiuso il negozio, alle sei circa. Non sono più scesa fino a poco fa. Ero in soffitta con i miei ragazzi...» Mi guardai intorno per cercare Quoth e lo trovai seduto sopra la porta nella sua forma di uccello. «Ehm, sì. Cioè, ero in soffitta con Morrie. L'altro coinquilino, Allen, è fuori a far visita alla sua famiglia.»

«Lei è il mio alibi» commentò Morrie con un sorriso. «E io sono il suo. L'ho *alibata* da morire, e senza nessuna protezione...»

«Sì, ho colto l'idea.» Wilson gemette. «E non avete sentito nulla?» Passò lo sguardo da me a Morrie, cercando di non farci domande troppo spinte. Non le avevo mai detto esplicitamente che stavo con tutti e tre, ma non le avevo nemmeno mai nascosto la verità. Immaginavo che nel suo lavoro ne avesse viste di tutti i colori. Era chiaro che aveva una disperata voglia di sapere di più, e ammetto che in un certo senso avrei voluto rivelarle qualcosa, ma credo che entrambe avessimo capito che era meglio che Argleton non sapesse ancora del mio harem.

«Abbiamo sentito i soliti tonfi e gemiti di assestamento che sentiamo sempre in questo vecchio edificio... ah, e ho sentito trillare le campanelline sulla porta» riferii. «Ho pensato che fosse Heathcliff che tornava a casa dal pub.»

«Che ora era?»

«Non ho guardato l'orologio, ma tra le dieci e mezza e le undici, direi.»

La sergente si rivolse a Heathcliff. «Può confermare l'ora in cui è arrivato a casa?»

Heathcliff alzò le spalle. «Non ne ho idea. Non è che avessi una tabella di marcia.»

Gli diedi una gomitata nelle costole. *Potresti almeno cercare di aiutare.* «Il pub chiude alle undici, nelle serate quiz. Il proprietario aveva già detto che era ora di chiudere?»

Heathcliff annuì. La sergente Wilson scarabocchiò degli appunti.

«E l'albero era ancora qui, quando è arrivato a casa?»

«Non lo so. Non è che...» Heathcliff gli tirò una manica. «Sì, diamine. Certo che c'era! Stavo cercando di raggiungere la mia scrivania, per... per... versarmi un altro drink, e sono andato a sbattere contro quel maledetto affare e l'ho fatto crollare sul tavolo. Ero troppo ubriaco, così ho pensato che avrei sistemato oggi. Guardi, mi ha riempito il cappotto di aghi.»

Dovetti avvicinarmi per vedere gli aghi attaccati al tessuto, ma in effetti c'erano, lungo l'interno del braccio, come se avesse abbracciato l'albero.

Mi chiedo se è così che la pallina è arrivata nel corridoio del piano di sopra.

La sergente sembrava poco convinta. «Tutto ciò dimostra che è stato l'ultimo a maneggiare l'albero. Sollevi i piedi. Vediamo le suole degli stivali.»

Brontolando sottovoce, Heathcliff obbedì. Lei si avvicinò e io mi chinai a scrutare i suoi stivali. In effetti, le suole erano incrostate di fango secco e aghi.

No. Non ci posso credere. Mi rifiuto.

«Ma non significa nulla!» Le mostrai che anche io avevo degli aghi sulle suole degli stivali. «Sa che quelle cose sono l'herpes del mondo degli alberi. Si attaccano a tutto. Sono già sparsi in giro per tutto il negozio... Heathcliff potrebbe esserseli appiccicati addosso svolgendo le sue solite attività quotidiane.»

La sergente Wilson fece finta di niente e continuò a scrivere sul suo blocco. Una sensazione di malessere mi attanagliava lo stomaco. Heathcliff aveva *molti* più aghi di me attaccati ai vestiti.

Questo perché è un mago del lerciume. Probabilmente indossa gli stessi abiti ormai da giorni, senza neanche pulirli. E per sua stessa ammissione, ieri sera è andato in giro ubriaco marcio. È capace di avere abbracciato l'albero. Ovvio che si sia ricoperto di aghi.

Dopo che Heathcliff è andato a letto, qualcun altro si deve essere intrufolato nel negozio. È l'unica spiegazione.

Poi Wilson ispezionò il pavimento. Ora che guardavo da

vicino, vedevo che c'erano aghi ovunque: sul presepe e sui libri che erano sul tavolo, e su tutto il davanzale della finestra. Altre due palline di vetro rotte giacevano in un mucchietto accanto alla scrivania di Heathcliff. La sergente raccolse un paio di frammenti più grandi e li mise in una busta.

«C'è un odore terribile qui.» Indicò una zona vicino al tavolo.

Mi chinai e annusai: le esalazioni mi fecero girare la testa. Era il disgustoso spray all'erba gatta di mia madre, ma era in un punto diverso da quello dove lei l'aveva spruzzato il giorno prima. Wilson mi mostrò un ampio cerchio dove il tappeto era impregnato di quella roba, e sul bordo erano sparsi alcuni frammenti di vetro.

«Mia madre ha incartato una bottiglia e l'ha messa sotto l'albero» ricordai. «La bottiglia era di vetro. Scommetto che il ladro l'ha rotta e ha lasciato questa macchia.»

«Sono d'accordo» disse. «Probabilmente il colpevole puzzerà di questa roba.»

Morrie annusò in modo molto plateale la giacca di Heathcliff. «È difficile distinguere tra i vari strati di odori» disse. «Ma qui percepisco chiaramente un sentore di erba gatta.»

«È perché la madre di Mina ha spruzzato quella robaccia in giro per tutto il negozio ieri» ribatté Heathcliff.

Sui tappeti c'erano impronte di fango di diverse dimensioni. Era impossibile distinguere quelle del ladro da quelle nostre o dei nostri clienti. Seguimmo la scia di aghi e fango sul pavimento e lungo il corridoio, fino alla porta d'ingresso. Quando la aprimmo, vedemmo altri aghi sulla soglia e anche sui gradini, fino alla neve fresca che, caduta la notte precedente, ora cancellava ogni possibile traccia.

La sergente Wilson si chinò per ispezionare la porta d'ingresso. «Questa serratura non è stata né rotta né danneggiata. Nessuno l'ha forzata. Ci sono altri modi per entrare in casa?»

Il mio stomaco fece una capriola.

Le mostrai l'ingresso posteriore. Anche lì la serratura era intatta. Facemmo insieme il giro del piano terra per controllare se ci fossero finestre rotte. Non ce n'erano, e tutte le serrature erano ben chiuse.

«Questo edificio ha una cantina?» Wilson si strofinò le braccia mentre la solita corrente d'aria gelida sferzava il corridoio.

Annuii. «Ma non ha finestre o entrate dall'esterno, e il condotto di aerazione non è abbastanza grande perché qualcuno ci si possa infilare, e tantomeno passare con un albero. L'accesso è bloccato da una libreria. Non so nemmeno dove sia, ma Morrie può mostrarglielo, se vuole.»

Ma lei venne distratta da qualcosa sulle scale. Mi abbassai per guardare da vicino e notai una serie di aghi che salivano i gradini. Seguimmo la traccia fino al pianerottolo del primo piano, dove trovammo un altro frammento di vetro.

«E questo?» Raccolse alcuni ciuffi di pelliccia nera accanto al frammento.

«È del cappotto di Heathcliff.» Avevo lo stomaco annodato. Non mi piaceva la piega che stava prendendo la cosa. «Come gli aghi: probabilmente ce n'è dappertutto, in giro per il negozio...»

Wilson imbustò la pelliccia e prese in mano un altro frammento di vetro. «E perché dovrebbe trovarsi qui?»

Non avevo una risposta. Con il cuore pesante, la seguii su per le strette scale che portavano al nostro appartamento. La scia di aghi attraversava il soggiorno. Nell'angolo accanto alla sedia di Heathcliff, Wilson raccolse un nastrino e un pezzo di carta da regalo strappata. Nessuno di noi aveva incartato dei regali al piano di sopra, quindi l'unico modo per farli arrivare lì era... era...

No, non è vero.

Gli aghi si fermavano davanti alla porta della stanza di Heathcliff.

Avvertii un macigno freddo sul petto. Allungai una mano per girare la maniglia. *Ora aprirò questa porta e vedrò la solita stanza in disordine e andrà tutto bene, perché Heathcliff non farebbe mai una cosa del genere...*

«Non hai il permesso di entrare!» Heathcliff si tuffò davanti alla porta, con gli occhi furenti.

Wilson mi lanciò un'occhiata trionfante. Afferrai Heathcliff per un braccio e cercai di staccargli le dita dallo stipite. «Lascia che la sergente guardi dentro. Quando vedrà che non ci sono regali, capirà che non sei stato tu e potremo...»

«No.» Gli occhi scuri di Heathcliff erano inviperiti.

Io avevo le lacrime pronte a scendere. *Perché non vuole che la sergente Wilson veda la sua camera da letto? Cosa sta nascondendo?*

«Perché no?» chiesi con un filo di voce.

«Anche io vorrei sapere perché non vuole che veda dentro» disse Wilson fissando Heathcliff sospettosa.

«Torni con un mandato e lascerò volentieri che annusi tra le mie cose intime. Fino ad allora, nessuno entra in questa stanza.» Per sottolineare le sue parole, Heathcliff prese una chiave vecchio stile dalla tasca, la girò nella serratura e tutti sentimmo un forte *clic* metallico.

«Heathcliff, ti prego...» Iniziai a piangere. Gli strattonai un braccio, ma lui rimase immobile come una statua. Poi girò la testa dall'altra parte, per non guardarmi.

«Credo di aver visto abbastanza.» Wilson scarabocchiò qualcosa sul blocco. «Non ci sono prove di effrazione. Il ladro era dentro, o aveva la chiave per entrare. Ha preso l'albero e l'ha trascinato fuori. Dato che lei e il signor Moriarty garantite l'uno per l'altro e l'altro coinquilino è assente, deve essere stato

Heathcliff, l'unica persona in questa stanza che aveva un movente per distruggere l'albero.»

Strinsi i pugni, lottando per controllare il panico crescente. «Non è stato Heathcliff. Non farebbe mai...»

La sergente Wilson chiuse il blocco e se lo infilò in tasca. «Mina, visto che ci ha aiutato con un paio di casi negli ultimi mesi, e visto che l'ispettore Drudge odia essere disturbato con le scartoffie durante le feste, le dirò cosa ho intenzione di fare. Io non dico niente a nessuno per quarantotto ore. Lei convince il suo ragazzo a restituire l'albero e i regali intatti, altrimenti tra due giorni sporgerò denuncia formale.»

4

«Non sono stato io.» Heathcliff stava per esplodere. Tremava tutto per la rabbia. Mise entrambe le mani sulla scrivania e rimase lì, minaccioso e intimidatorio, con l'aspetto da demone terrificante con cui era stato descritto in *Cime tempestose*. Gli aghi che gli cadevano dal cappotto, come tanti piccoli fiocchi di neve, lo inchiodavano.

Ci stava sfidando: me, Morrie e Quoth. Tra le sue mani c'erano brandelli di nastro e palline di vetro rotte, oltre alla pallina intatta che avevo trovato nel corridoio quella mattina. Quella alla quale erano attaccate tracce del suo cappotto.

L'unico altro suono nella stanza era il miagolio estatico di Grimalkin che si rotolava nella macchia di erba gatta.

«Ammettilo e basta.» Gli occhi di Quoth si accesero. «Restituisci l'albero e i regali e potremo tutti fare finta che tu non sia un essere malvagio.»

«Non posso restituire quel maledettissimo albero. Perché non so dove sia!»

Quoth girò la testa dall'altra parte. «Sei orribile. Non ti importa di chi ferisci. L'unica cosa che ti interessa è fare a modo tuo.»

Misi un braccio intorno alle spalle di Quoth, ma lui mi scrollò via e si rintanò nell'ombra. Un attimo dopo, un corvo nero si appollaiò sul lampadario e guardò Heathcliff con aria accigliata.

«Ora te ne starai seduto lassù a giudicarmi per tutto il dannato giorno» disse Heathcliff brandendo un pugno verso l'uccello. «Ecco cosa significa l'amicizia per un torvo, sgraziato, orrido, scarno e sinistro uccello d'altri tempi.»

«Cra!» Gli occhi di Quoth brillavano di ira.

«Suvvia, non buttarla così tanto sul personale.» Guardai Heathcliff, per evitare che irrompesse in un altro verso della poesia meno amata da Quoth. «Quoth ha il diritto di essere arrabbiato.»

«Ehi. L'uccellino non è l'unico a essere sconvolto.» Morrie fece una smorfia da bambinetto imbronciato. «Anch'io sono ferito. Hai commesso un furto ad alto rischio e non me l'hai nemmeno detto! Sono io il Napoleone del crimine, nel caso l'avessi dimenticato. Se ti fossi avvalso del mio aiuto, non ti avrei permesso di commettere tanti stupidi errori.»

«Non ho commesso nessuno stupido errore, perché non ho rubato io quel maledetto albero!» sbraitò Heathcliff.

Mi sforzai di mantenere il respiro regolare e mi chinai a mettere le mani sopra le sue. Sentii che tremava. «Heathcliff, se mi dici che non hai preso l'albero, ti credo. Ma c'è la possibilità che nel tuo stato di ebbrezza tu possa avergli fatto qualcosa? Tipo gettarlo da qualche parte per strada o tagliarlo? Forse se noi...»

«Non sono stato io. Quando sono tornato a casa sono andato a sbattere contro quella dannata cosa, ma è finita lì. Sono salito al piano di sopra e sono andato a letto.»

«Allora perché non hai voluto che la sergente Wilson guardasse nella tua stanza?»

«Non sono affari tuoi.» Scostò le mani da sotto le mie, facendo tremare l'intera scrivania.

«Bene.» Chiusi gli occhi per un attimo, respingendo le lacrime che minacciavano di scendere di nuovo. «Confermo quello che ho detto. Anche se ti stai comportando da perfetto idiota, ti credo. Ma convincere Wilson e il resto del villaggio è tutta un'altra questione: noi quattro dobbiamo affrontare questo mistero come risolviamo tutti gli altri che ci capitano. Abbiamo due giorni per scoprire chi ha preso l'albero e i regali, e farceli restituire.»

Morrie e Quoth si guardarono. Quoth scese in volo e riprese la forma umana. Era nudo e fissava il pavimento. I lunghi capelli che gli ricoprivano il viso nascondevano il dolore che aveva negli occhi.

«Mi piacerebbe aiutarti, Mina. Ma devo andare al rifugio per gli animali. Oggi arriva una nuova cucciolata di gattini. E ora che non avranno tutte le provviste dall'albero, hanno bisogno di tutto l'aiuto...» le sue parole svanirono e lui rabbrividì.

«Ma, Quoth...»

Quoth aveva già raccolto i suoi vestiti e si era allontanato nell'ombra.

Lanciai un'occhiata a Heathcliff. «Dovresti andargli dietro.»

«Perché? È lui il vigliacco che mi sospetta di crimini efferati. Dovrebbe essere lui a scusarsi con me.»

«Lo sai che è sensibile nei confronti degli animali, eppure da quando abbiamo messo l'albero, non hai fatto altro che rimproverarlo.»

Heathcliff agitò le braccia in aria. «Perché era un albero enorme, più grande del negozio, diamine. Sapete una cosa? Date pure la caccia al ladro di alberi se volete, ma lasciatemi fuori da questa storia. Grazie a questo furto avrò finalmente un po' di pace e di tranquillità, e intendo godermela tutta.»

Prima che potessi protestare, Heathcliff prese il whisky che aveva vinto, si girò e entrò nel suo ufficio incespicando. *SBAM*. La porta sbatté dietro di lui, e quel suono mi squarciò il cuore.

Fissai il legno incrinato dello stipite. Una lacrima mi scese dall'angolo di un occhio. Non potevo credere che Heathcliff avesse commesso un furto ai danni miei e della città, ma soprattutto ai danni di Quoth. Ma tra il suo umore pessimo e il fatto che non sembrava avere nessuna intenzione di aiutarmi a farlo uscire pulito... mi sbagliavo?

Heathcliff aveva rubato il Natale?

5

Mi infilai nella poltrona di Heathcliff. Le palline di vetro mi fissavano, tormentandomi con tutti i segreti che lui mi nascondeva. Le spinsi da parte e presi un quaderno e una penna.

È ora di mettersi al lavoro. Detective Mina all'opera.

«Qualcun altro ha la chiave del negozio?» chiesi a Morrie, impegnato a togliere gli aghi dell'albero dalla sua sedia di velluto preferita.

Morrie si sedette. Trasalì. Si mise una mano sotto il sedere, tirò fuori un ago particolarmente lungo e lo gettò via disgustato. «Quindi hai deciso di cercare di risolvere tu il caso.»

«Ovvio.»

«Anche se potresti scoprire che Heathcliff è il ladro bastardo che ha portato via tutti i doni?»

«Non lo scoprirò, perché Heathcliff non farebbe mai una cosa così orribile» dissi con più convinzione di quanta ne sentissi. Ero davvero convinta che Heathcliff fosse innocente, ma in effetti le prove contro di lui erano tante e lui si rifiutava di fare la minima cosa per aiutarci a difenderlo.

Si comportava come se fosse colpevole. Odiavo quella situazione.

Morrie scostò altri aghi dal bordo della scrivania e si chinò a fissarmi con i suoi occhi di ghiaccio. «Sai che non posso rifiutare un buon mistero. Cosa hai trovato finora?»

Scarabocchiai dei nomi sulla pagina. «Non è stato Heathcliff, né Quoth, né tu, né io. Grimalkin non ha i pollici opponibili, quindi non può essere stata lei. Deve trattarsi di qualcuno che è arrivato da fuori. Ho controllato la camera da letto al piano di sopra ed è chiusa a chiave, quindi non può essere arrivato da un altro luogo nel tempo. E non abbiamo visto nessun nuovo personaggio letterario in giro. Dato che i ladri si sono dileguati con l'albero uscendo dalla porta d'ingresso, credo che si tratti di normali ladri umani di questo secolo, e magari profumano anche di erba gatta. Inoltre, dato che nessuno ha manomesso serrature o finestre, devono avere una chiave. Sai se Heathcliff ha dato a qualcuno una copia della chiave?»

«Stai scherzando? Non vuole nemmeno darla a me e a Quoth. Una cosa che non potrei sopportare, se non fosse che lui non sa che io posso forzare la serratura in due secondi netti. Tu sei l'unica ad averne una. Ah, e anche Bertie il contabile.»

«Davvero?» Sembrava strano.

«Certo. Un giorno di qualche anno fa, Bertie doveva ritirare il libro mastro, ma Heathcliff era ubriaco fradicio. Pur di non essere costretto a pagare un sovrapprezzo per un ritardo nei pagamenti, Bertie ha rotto una finestra, si è arrampicato, è entrato, ha raccolto il registro e ha appiccicato un biglietto sulla fronte di Heathcliff nel quale gli intimava di dargli una chiave del negozio, altrimenti avrebbe passato tutta la contabilità a un software sul cloud.»

Non riuscii a trattenere un sorriso. «Heathcliff non

accetterebbe mai di passare alla tecnologia, se esistono alternative.»

«Esatto. Fu così che Bertie ebbe la sua chiave. Ed è stato un bene: con la finestra rotta si era procurato un bel taglio all'addome. C'era sangue dappertutto. Credo che da allora abbia un po' paura di Heathcliff: continua a insinuare che dovrebbe trovarsi un altro contabile, ma sai bene quanto poco gli piacciano i cambiamenti. Heathcliff è di gran lunga il cliente più fastidioso di Bertie, quindi magari ha pensato che se fosse riuscito a incastrarlo con il furto, si sarebbe liberato dal contratto che lo tiene legato alla libreria, anche se mi sembra un motivo piuttosto debole per rubare l'albero.»

«Però il cane di Bertie ha appena avuto dei cuccioli!» esclamai. «Ha detto che sua moglie ha perso il lavoro e lui fa fatica a sfamarli. Se sei disperato, e sai dove trovare cibo per animali, e hai una chiave, e hai la possibilità di far ricadere la colpa su un tizio che non ti piace, potrebbe essere la soluzione ideale.»

«Ragazza sveglia.» Morrie sorrise. Scoprire il movente era la parte che preferiva nel risolvere i crimini. Amava addentrarsi nella mente squallida e facilmente corruttibile degli esseri umani.

Sottolineai tre volte il nome di Bertie. A terra, sul tappeto di fronte a me, Grimalkin sfrecciava avanti e indietro e ballava impazzita tra le due macchie impregnate di erba gatta. Anche se Quoth aveva pulito con un detergente industriale e il punto non puzzava più come un impianto di depurazione, il naso sensibile di Grimalkin era ancora attratto dai residui. La nostra gatta si rotolava sul tappeto per qualche minuto, poi si arrampicava su una delle librerie, ci faceva cadere una valanga di libri in testa, si buttava giù, atterrava in piedi e ricominciava l'intero ciclo.

«Qualcun altro ha una chiave?» chiesi, schivando un

Dickens mentre Grimalkin sfrecciava lungo lo scaffale dei Classici.

Morrie si strinse nelle spalle. «Non che mi ricordi. Non hai dato una chiave al quella signora che sta preparando il calendario?»

«Esatto!» Scrissi in fretta il nome di Tabitha. «Dovremo scoprire dov'era ieri sera, per vedere se ha un alibi. Ha anche sentito Heathcliff lamentarsi dell'albero, quindi sapeva che lui sarebbe stata la persona perfetta su cui far ricadere i sospetti. Ma quello che non capisco è il suo movente... Ma cosa fai? Stai inquinando la scena del crimine!»

Morrie si era alzato dalla sedia e si aggirava carponi sotto il davanzale. Teneva tra le dita qualcosa che luccicava. «Sto individuando l'indizio che farà esplodere il caso. Vuoi dare un'occhiata a questo?»

«Portalo qui. Non lo vedo.»

Morrie appoggiò l'oggetto sulla scrivania di fronte a me. Lo sollevai per ispezionarlo. Un orecchino: un enorme pezzo di cristallo nero lucido avvolto in un filo e fissato a una farfallina d'argento. Sembrava fatto a mano. E lo trovavo familiare, anche se non mi veniva in mente dove l'avessi già visto.

«Non è mio e non credo che sia stato lasciato da una cliente. Nessuno sarebbe stato in grado di fare il giro dell'albero da quella parte senza fare qualche acrobazia. L'ha perso il nostro ladro di alberi!»

«Il che significa che probabilmente non è stato Bertie» fece notare Morrie. «Non mi sembra un tipo da orecchini.»

«Forse no, ma non possiamo ancora escluderlo.» Mi misi l'orecchino in tasca. Era il primo indizio serio che avevamo, fino a quel momento. «Chiederò in giro per il mercatino, stasera. I pettegoli del villaggio saranno già al lavoro. Scommetto che riusciremo a trovare la proprietaria di questo gioiello e a scagionare Heathcliff.»

6

Per tutto il giorno, gli abitanti del villaggio arrivarono in negozio con un sacco di regali da mettere sotto l'albero. Più e più volte dovetti raccontare la storia di come l'albero fosse stato rubato durante la notte. I clienti erano sconvolti. Madri e figli si scambiavano sguardi d'intesa. L'accusa pendeva nell'aria: non detta, ma comunque sentita. Forte e chiara: *Heathcliff ha rubato l'albero. Heathcliff odia il Natale. Heathcliff odia il villaggio.*

«Potete lasciare a me i vostri regali» dissi a David Hyde e suo figlio. «Stiamo organizzando un albero sostitutivo. Mi assicurerò che tutto venga messo sottochiave e che arrivi al rifugio.»

«Scusaci, Mina.» David era un cliente abituale e un appassionato di storia dei canali del Regno Unito, e amava così tanto contrattare il prezzo dei libri che ora Heathcliff prezzava ogni libro di storia dei canali due sterline in più di quanto si aspettava di ricavarne, sapendo già che avrebbe dovuto scontrarsi con le proteste di David. Spinse il figlio verso la porta. «Credo che li consegneremo direttamente noi al rifugio.»

Nonostante i fantastici espositori che avevo allestito e gli speciali sui libri natalizi che avevamo messo sul giornale locale, le vendite erano praticamente nulle. Sentivo i clienti che borbottavano mentre uscivano dal negozio, e vedevo che bisbigliavano per strada, mentre indicavano le vetrine della Nevermore tutti accigliati. Heathcliff non uscì dal suo studio per tutto il giorno. Non sapevo se così fosse meglio o peggio. Il villaggio gli si era rivoltato contro di nuovo. Era fondamentale presentarsi al mercatino con un'aria positiva e non fare nulla che potesse gettare ulteriori sospetti su Heathcliff.

Pensavo che avrei fatto fatica a farlo uscire, invece proprio mentre stavo chiudendo il negozio sbucò fuori, con la stessa aria arcigna e amareggiata che gli avevo visto al mattino. «Vado a farmi una doccia.» Mi passò davanti senza nemmeno guardarmi, e salì le scale.

Lo aspettammo nell'atrio. Mi faceva piacere che si preoccupasse di vestirsi bene per uscire, visto che lo avevano fatto anche gli altri. Per Morrie questo significava un abito nero dal taglio perfetto, fatto su misura, con sopra un cappotto di lana nera. Io indossai un abito aderente cremisi che avevo tempestato di strass scintillanti, su un paio di leggings neri e degli stivali alti fino al ginocchio. Quoth rimase nella sua forma di corvo: a quanto pareva, le piume lo isolavano meglio dal freddo invernale rispetto a qualsiasi abito avesse nell'armadio. Si era lisciato con cura e per l'occasione aveva anche indossato un piccolo copricapo da Babbo Natale.

«Sei sicura che sia una buona idea che venga anche Lord Culocheprude?» mi sussurrò Morrie.

«Penso che la sua assenza si noterebbe» risposi. «E magari tra lucine, musica e cibo riuscirà a uscire dalla sua depressione natalizia e poi...»

«E poi cosa? Si scuserà con Quoth? All'improvviso esprimerà gratitudine a tutta l'umanità? Riceverà la visita di tre odiosi fantasmi che lo aiuteranno a capire il vero significato del

Natale? È questo che amo di te, bellezza. La tua eterna fiducia nella bontà umana, nonostante tutto punti al contrario. Heathcliff...»

«Heathcliff cosa?»

Sollevai lo sguardo. All'inizio scorsi solo un'ombra, ma poi vidi il mio cupo antieroe che scendeva le scale come se stesse andando al suo stesso funerale. Aveva indossato un paio di pantaloni cargo neri senza buchi (perlomeno non in evidenza), una camicia bianca, un gilet rosso e il suo cappotto di lana nera con il bordo di pelliccia sfilacciato. Con gli stivali sporchi, gli occhi accesi e i capelli spettinati (il fatto che li avesse sempre spettinati, anche appena fatta la doccia, era uno dei tanti misteri di Heathcliff) sembrava proprio un essere infernale appena uscito dalla brughiera.

«Facciamola finita, con questo calvario» mormorò mentre mi aiutava ad avvolgermi la sciarpa intorno al collo.

«Forse tu non ne sei entusiasta, ma io non vedo l'ora.» Ogni anno, da quando avevo memoria, andavo al mercatino di Natale di Argleton. Di solito ci andavo con la mia migliore amica Ashley e la sua famiglia, perché mia madre era a una bancarella che cercava di vendere pacchetti di frullati, leggings orrendi, o altre stramberie per qualche schema piramidale in cui si era fatta catturare. Provai una leggera fitta di tristezza per il fatto che Ashley non sarebbe stata presente quell'anno: era stata uccisa solo pochi mesi prima. Anche se non eravamo più amiche, per me la sua perdita era stata un brutto colpo.

Ma quella sensazione fu rapidamente sostituita da un'eccitazione sfavillante. Per la prima volta in assoluto, ci sarei andata con i miei *fidanzati*. Presi a braccetto Heathcliff e Morrie. Quoth mi saltò sulla spalla e uscimmo dalla Libreria Nevermore, pronti per essere trasportati in un nuovo mondo.

La signora Ellis e il suo comitato avevano trasformato il parchetto della città in un meraviglioso mondo natalizio, con fili di luci colorate che si snodavano tra i pali della luce e adornavano la statua del fondatore della città. Profumi deliziosi si sprigionavano da una fila di food trucks parcheggiati di fronte al pub, che solo per quella sera aveva la licenza di servire bevande nel parco. Io inspirai a fondo quei profumi: un misto di vin brûlé, *mince pies* alla frutta, noccioline calde, roastbeef ricoperto di sugo, e Yorkshire pudding grandi come la mia testa.

Lungo tutto il perimetro c'erano bancarelle che vendevano articoli natalizi: giocattoli di legno, vestiti per bambini, berretti fatti a mano e sciarpe con file di renne spavalde, mobili per case di bambola, orsacchiotti di ogni forma e colore, caramello fatto in casa e formaggi artigianali. Salutai da lontano mia madre, intenta a mostrare le sue eleganti carte da regalo a un chiassoso gruppo di donne tutte eccitate. Nella bancarella accanto a lei, i miei occhi colsero uno scintillio di gioielli. Man mano che la mia vista peggiorava, avevo scoperto di trarre una sorta di gioia visiva da scintillii e luccichii. Trascinai i ragazzi alla bancarella dei gioielli.

«Guardate questo!» Sollevai un ciondolo contenente un'ametista incastonata tra tre artigli di uccello. «È davvero bello.»

«Li faccio io» disse una voce familiare. Mi girai e vidi Elizabeth, la moglie di Bertie, che mi sorrideva da dietro il bancone.

«Wow, non ne avevo idea. Hai un vero talento.» Girai lentamente lo stand delle collane, avvicinandomi di più per scorgere i dettagli degli intricati ciondoli.

«Grazie. Posso aiutarti a scegliere qualcosa?» Fece l'occhiolino ai ragazzi. «Forse tra i presenti c'è il tuo ragazzo, che magari ti vuole comprare un regalo di Natale anticipato?»

Per favore, basta regali.

Ma era troppo tardi, Heathcliff aveva già tirato fuori il

portafoglio. Con un gran sorriso, Elizabeth mi avvicinò una collana al viso.

«Credo che questa faccia risaltare il colore dei tuoi occhi.» Mi porse uno specchio e slacciò la collana, per mettermela. «E ho degli orecchini abbinati, che però non ho esposto. Ti sistemo questa e poi te li mostro...»

«Lascia fare a me.» Heathcliff le prese la collana dalle mani e mi sistemò la catenina intorno al collo. Mi guardai allo specchio mentre Elizabeth si aggirava nel retro del box. Morrie fece girare un porta-orecchini. Colori e pietre mi passarono davanti vorticosamente e qualcosa catturò la mia attenzione.

«Aspetta.» Bloccai l'espositore. «Guarda questi.»

Mostrai a Morrie un paio di enormi orecchini di pietra nera. Lui scosse la testa. «Sono totalmente sbagliati per la tua carnagione. Invece, sarebbero perfetti per Heathcliff. Fanno risaltare la rabbia che ha negli occhi.»

Li avvicinai a Morrie. «Guarda meglio. Sono uguali all'orecchino che abbiamo trovato nel negozio.»

«Cra?» Quoth toccò gli orecchini con il becco.

Elizabeth ci fissò e fece un sorriso gelido, non sapendo come reagire. «Volevi quegli orecchini di ematite, Mina?»

«No, grazie. Li ho notati perché abbiamo trovato sul pavimento del negozio un orecchino identico a questi. Sono così belli che mi piacerebbe poterlo restituire alla proprietaria.» Sfoggiai un sorriso innocente e tirai fuori l'orecchino dalla tasca. «Puoi aiutarci a trovarla? Non so... tieni un registro di chi compra da te?»

Elizabeth scosse la testa. «Temo di non essere così sofisticata. Anche se sono sicura che Bertie prima o poi riuscirà a fare la sua parte e arriverò ad avere tutta la mia attività online. Parla sempre del potere del cloud per le piccole imprese...»

«Credo che Bertie trascinerà nel ventunesimo secolo l'intero villaggio, volente o nolente» commentai ridendo. «Ma torniamo a questi orecchini. Ne vendi molti di questa forma così particolare?»

«In realtà no. Sono un po' grandi e troppo scuri per la maggior parte delle persone. Le signore in genere preferiscono modelli più leggeri che possono essere indossati ogni giorno.»

Quando Elizabeth si voltò, notai alcune perline scintillanti sulla schiena del suo maglione. «Sembra che tu stia facendo da espositore.» Indicai degli oggetti fuori posto.

«Oh, che sciocca. Devo essermi di nuovo appoggiata al tavolo da lavoro.» Elizabeth rise, staccandosi le perline di dosso. «È colpa di queste lane invernali: vi si attacca tutto, soprattutto i gioielli. Spesso mio marito esce di casa con uno dei miei orecchini attaccato addosso, e non se ne accorge nemmeno!»

Mi balzò in mente un pensiero. «Non hai per caso notato se è sparito qualcosa dalle tue scorte di questi orecchini?»

«Sì, in effetti.» Elizabeth si accigliò. «Proprio quelli neri che hai in mano. Ne avevo due paia sul tavolo da lavoro e stamattina, quando ho preparato le cose per venire al mercatino, ne mancava uno. Scommetto che Bertie se l'è impigliato nel maglione e gli è caduto quando è venuto da voi ieri sera. Gli dico sempre di controllarsi bene prima di uscire, ma lui non mi ascolta mai. A parte i numeri o i fogli di calcolo, è un caso perso.»

«Bertie è andato al negozio... ieri sera?» Morrie si chinò in avanti, gli occhi che gli brillavano perché aveva fiutato un indizio importante.

«Sì. Intorno alle undici e mezzo, credo. Aveva lasciato un foglio importante nell'ufficio di Heathcliff e gli serviva per poter finire i conti ieri sera. Gli ho detto che stavate dormendo tutti e che avrebbe dovuto aspettare la mattina, ma lui ha giurato che sarebbe entrato e uscito in silenzio.» Abbassò la voce. «Detto tra noi, ultimamente è stato parecchio stressato, con me che ho perso il lavoro, e i nuovi cuccioli di Princess. Stava per darvi i conti oggi, così avrebbe potuto essere pagato e noi avremmo avuto un po' di soldi per Natale, ma poi abbiamo saputo della terribile rapina e non voleva disturbarvi.»

Ci credo poco. Se a Bertie si fosse accidentalmente impigliato un orecchino nel cappotto e lui fosse passato al negozio la sera prima, dopo che Heathcliff era tornato a casa, era il candidato ideale per essere il nostro ladro di Natale.

«È semplicemente terribile» continuò Elizabeth. «Non riesco a immaginare chi potrebbe commettere un crimine così atroce. Deve essere stato qualcuno che odia davvero il Natale...»

Heathcliff la fissò e lei si interruppe, irrigidendosi. Lui era giunto alla mia stessa conclusione su Bertie, nello stesso momento in cui Elizabeth, avendo scambiato la sua occhiata per un'ammissione di colpa, aveva individuato in lui il probabile sospettato. La donna raddrizzò le spalle e assunse un tono molto professionale. «Beh, comunque, spero che lo prendano, quel bastardo. Vi incarto la collana e potrete andarvene.»

Heathcliff pagò e io e Morrie ci scambiammo uno sguardo. Dovevamo trovare Bertie e costringerlo a dirci la verità, in un modo o nell'altro.

Mentre prendevo il pacchettino con il nuovo acquisto, si avvicinò Tabitha. «Ciao, Mina. Ciao, ragazzi. Elizabeth, sono così felice di vederti. Mi chiedevo se potessi aiutarmi. Ho perso uno dei tuoi bellissimi orecchini di ematite.»

«Davvero?» Elizabeth si rivolse a me: «Mina, non è una fortuna? Ricordo ora che Tabitha ha acquistato da me un paio di quegli orecchini sei mesi fa. Quindi forse quello che hai trovato in libreria non era mio, alla fine.»

Tabitha ha perso un orecchino? Interessante.

«Hai trovato un orecchino in libreria?» Tabitha indietreggiò, fissando prima me e poi Heathcliff. «Ehm... non può essere mio.

Io l'ho perso una settimana fa, quindi sicuramente non lo indossavo ieri quando sono venuta al negozio. Devo andare, ho bisogno di fare una bella dormita se devo alzarmi presto per il servizio fotografico di domani.»

Oh, evidentemente non sa. «In realtà, Tabitha, l'albero è...»

Ma Tabitha mi interruppe prima che potessi finire. Si allontanò, lanciando occhiate verso il pub. «Elizabeth, vedo che sei impegnata, quindi... ci sentiamo più tardi.»

Mentre guardavo Tabitha che attraversava il parchetto di corsa, avevo una strana sensazione, come di qualcosa che non mi tornava. All'improvviso ricordai perché quegli orecchini mi sembravano familiari. Tabitha li indossava quando era venuta a parlarmi al negozio il giorno prima. Di solito, sono troppo cieca per notare degli orecchini, ma quelle pietre erano così grandi che spiccavano.

Il che significa che Tabitha stava mentendo. E si stava comportando in modo molto sospetto. Ma perché?

Bertie o Tabitha? Avevamo due potenziali sospetti. Ma come fare per capire chi di loro aveva preso i regali?

7

«Deve essere il contabile.» Morrie aggrottò le sopracciglia mentre osservava il vino che stava facendo roteare sul fondo del bicchiere. «Non mi sono mai fidato di lui. Sembrava sempre troppo felice di quei fogli di calcolo.»

«È ovvio che non ti fidi di lui. Gestisci un impero criminale dai meandri della Libreria Nevermore e non vuoi essere scoperto. Non credo che la tua opinione conti molto in questo caso.»

Morrie spinse via il bicchiere con disgusto. Non sapevo perché continuasse a ordinare vino al Rose & Wimple: non era mai all'altezza dei suoi standard. «Al contrario. Tra simili ci si riconosce, e Bernie Robinson ha gli occhi freddi e mortali di un ladro malvagio.»

«Cra!» Quoth annuì vigorosamente e affondò il becco nella ciotola delle noccioline.

Eravamo accalcati intorno a un tavolo del pub, che sorseggiavamo le nostre bevande (la mia era un vin brûlé, ovviamente) e ascoltavamo la signora Ellis che gorgheggiava *I Saw Mommy Kissing Santa Claus* al karaoke. Quasi nessuno ci

59

rivolgeva la parola e da lontano la gente lanciava occhiate mortali a Heathcliff. La notizia del furto si era già diffusa e tutta Argleton si sentiva in dovere di fare da giudice e giuria.

«A proposito di Bertie...» Morrie fece un gesto alla finestra. «Sta portando il suo movente a spasso per il parchetto.»

Dovetti appoggiare le mani sul vetro per poter vedere. Riuscii a scorgere una figura trascinata da un grosso golden retriever e da cinque adorabili cuccioli. Latrati e guaiti eccitati si insinuarono tra i gorgheggi della signora Ellis. *In effetti, Bertie aveva sia i mezzi che il movente, ma non riesco proprio a immaginarlo mentre ruba a un ente di beneficenza.*

«Non sembra da lui.» Si fermò a chiacchierare con Jonie, la nipote della signora Ellis. Jonie si illuminò quando si chinò ad accarezzare i cuccioli, e si trasformò all'istante da preadolescente imbronciata a graziosa e felice amante degli animali. Bertie sollevò uno dei cani e glielo mise tra le braccia tese, e lei rise perché il cane le leccò una guancia. «Non sembra il tipo da rubare regali destinati a un ente di beneficenza. E poi, se li avesse presi lui, perché prendere anche l'albero? Pensiamo davvero che Bertie abbia trascinato fuori quell'affare così pesante, tutto da solo? Mi interessa di più Tabitha, con il suo orecchino mancante.»

«Non ha un movente. Al momento non abbiamo nemmeno la prova che fosse nel negozio quella sera. E non puzza di erba gatta.»

«Nemmeno Bertie puzza. Invece, le prove le abbiamo.» Appoggiai l'orecchino sul tavolo. Quoth lo raccolse e lo fece penzolare dal becco. «Ha mentito sul fatto di aver perso l'orecchino una settimana fa. Ho visto che lo indossava quando è venuta a parlarmi del calendario. Non l'ha perso in quel momento, perché l'hai trovato sul retro dell'albero. Nessuno avrebbe potuto fare il giro dell'albero, tranne chi l'ha portato via.»

«Ma l'orecchino potrebbe anche essere stato attaccato alla giacca di Bertie» constatò Morrie. «Il qui presente burbero innamorato di Cathy è una prova vivente di quanto facilmente le cose ti si attacchino addosso.»

Guardai Heathcliff, ricordando tutti quegli aghi di abete appiccicati ai suoi vestiti. *Certo, tutti quegli aghi gli si sarebbero attaccati addosso se fosse andato a sbattere contro l'albero. Ma questo non vuol dire che l'abbia trasportato fuori.*

No.

«Non usare quel nome» ringhiò Heathcliff. Si riferiva, ovviamente, a Cathy, il suo grande amore di *Cime Tempestose*. La donna che lo aveva respinto poco prima che lui trovasse la sua strada per il mondo reale, fino ad arrivare tra le mie braccia. La sua ex. Anche se lei non esisteva nel nostro mondo, all'inizio l'avevo trovata un po' minacciosa (Heathcliff e Cathy erano stati i più grandi innamorati della letteratura) ma ora ero abbastanza sicura di me da sapere che quando Heathcliff sosteneva di averla dimenticata, diceva sul serio.

Morrie prese la bevanda calda di Heathcliff e ne bevve un lungo sorso. «Questo, comunque, non risolve la questione del movente. Tabitha non aveva alcun motivo per voler rubare l'albero di Natale.»

«Nessun motivo di cui siamo a conoscenza.» Guardai Tabitha che entrava nella stanza, tenendo a braccetto uno sconosciuto alto, scuro e affascinante. Spinsi indietro la sedia. «Ma scommetto che ne ha uno. Lo scoprirò.»

«Cra.» Quoth si posò sulla mia spalla, aggrappandosi con gli artigli al mio vestito di maglia. *Vengo con te.*

Attraversai la stanza fino al bancone. Lo sconosciuto si avvicinò all'orecchio di Tabitha per sussurrarle qualcosa. Lei inclinò la testa e fece una risata argentina, gettandosi indietro i capelli in quella che potrei solo descrivere come una classica mossa che Ashley usava quando voleva flirtare.

«Tabitha, ciao!» Mi sedetti sulla sedia vuota accanto a lei, appoggiandomi allo schienale mentre mi arrivava una zaffata del suo profumo di vaniglia. *Si è fatta il bagno nel profumo per nascondere l'odore dell'erba gatta?* «Volevo solo dirti quanto siamo entusiasti che tu abbia scelto la Nevermore per il calendario...»

Mi si bloccarono in gola le parole quando riconobbi l'uomo che era con lei. Seduto su uno sgabello tutto appiccicoso del Rose & Wimple c'era nientemeno che Roland Crabapple, il fotografo di fama mondiale.

8

Mina, ti sei irrigidita. La voce di Quoth mi rimbombò nel cranio. *Cosa c'è che non va?*

«Ehm... salve» balbettai, completamente presa alla sprovvista.

Avevo già incontrato personaggi famosi della moda. Diamine, avevo fatto uno stage per lo stilista newyorkese d'avanguardia Marcus Ribald. Ma un conto erano le persone famose nel campo della moda, e un altro era il *maledettissimo Roland Crabapple*. Quando Tabitha aveva detto di averlo ingaggiato per il calendario, avevo pensato che fosse stata truffata e che si sarebbe presentato un nonnino con i capelli bianchi che passava i fine settimana a fotografare locomotive a vapore.

«Mina, conosci Roland?» Tabitha si appoggiò allo schienale dello sgabello e toccò il braccio del fotografo in una presa possessiva, che mi ricordava quella di un artiglio. Il suo atteggiamento era sfacciato come il suo abbigliamento: un abito rosso acceso molto aderente, un paio di orecchini giganti tutti sbrilluccicanti, e una lunga pelliccia. Non aveva nessuna remora a farsi vedere in giro per il villaggio con Roland, anche se la metà delle persone che vivevano lì era cresciuta con suo marito.

«Salve.» Roland mi porse una mano e gliela presi. Aveva la pelle fredda e umidiccia. *Percepivo* i suoi occhi che mi scorrevano lungo il corpo. I fotografi di moda erano spesso un po' squallidi, ma Roland mi faceva accapponare la pelle. «Hai un bel senso dello stile, Mina. Non mi aspettavo di incontrare donne così chic in questa mia missione in mezzo al nulla.»

«Mina lavorava nell'industria della moda» spiegò Tabitha. «È troppo affascinante per noi coniglitte di Argleton.»

«Io... io... io pensavo che non sarebbe venuto fino a domani mattina» balbettai.

«In realtà sono qui da un paio di giorni.» Roland schioccò le dita per fare un segnale all'oste, come se fosse stato un *lord* che chiamava il maggiordomo. Quando Richard si avvicinò per servirci, sembrava infastidito. Sbatté due bicchieri di vin brûlé davanti a Roland e Tabitha e si allontanò senza dire una parola. «Sono incuriosito dalla vostra piccola impresa di beneficenza. Mette insieme due delle mie cose preferite: gli alberi di Natale e la cura degli animali. Anch'io ho un gatto, quindi so quanto sia importante che questi animali vengano accuditi in modo adeguato. Sarei passato per presentarmi e dare un'occhiata all'ambiente, ma Tabitha mi ha tenuto occupato.»

«Roland è stato... legato mani e piedi per una serie di appuntamenti» spiegò Tabitha con una vocina da smorfiosetta.

«Nel senso che ti ho legato mani e piedi» replicò Roland tutto dolce, chinandosi a posarle un bacio umido sulla guancia. E al contempo le afferrò, possessivo, i fianchi. Fu allora che notai che al cordino nero che Tabitha aveva al collo era attaccata una piccola catena d'oro, che arrivava fino a un anello al dito di Roland.

Ma che schifo.

Voglio dire, non ero contraria a nuove esperienze. In camera sua Morrie aveva manette e ogni sorta di aggeggi parecchio divertenti. Ma Roland Crabapple era vecchio e disgustoso. Non avrei mai voluto sentirmi addosso le sue mani fredde.

«Mmh» mormorò Tabitha, appoggiandosi a lui e sollevando il mento per porgergli il collo per un altro dei suoi umidi baci. «È stata un'uscita piuttosto... piacevole. Ho mostrato a Roland i vari luoghi di Argleton. Ieri abbiamo passato tutto il giorno a visitare l'arboreto e il giardino botanico. Roland si eccita così tanto davanti alle piante e agli alberi, che è davvero elettrizzante...»

«Esatto, le meraviglie della natura ispirano il mio lavoro. Se volete scusarmi, signore. Ho bisogno del bagno.» Mi lanciò un sorriso sordido, poi allungò la mano per slacciare la catenina dal collo di Tabitha e si infilò tra la folla.

Lei si avvicinò a me, con un sorriso diabolico. «È fantastico. Vero?»

«Ehm, certo. Ha fotografato opere di alcuni stilisti iconici. Sei sicura che sia adatto al calendario di beneficenza di Argleton?»

«Ma certo!» esclamò raggiante. «Solo il meglio per il nostro villaggio. Ora, di certo non hai dimenticato che saremo lì di buon'ora, alle cinque. È un problema se sposto le decorazioni sull'albero? Roland ha bisogno che le cose siano esattamente...»

«È proprio questo il punto, Tabitha. Non c'è nessun albero. Qualcuno l'ha rubato ieri sera.»

Lei sussultò. «È terribile.»

La sua sorpresa sembrava genuina, ma magari era solo una brava attrice.

«Esatto. E sono spariti anche tutti i regali per la beneficenza.» Tirai fuori l'orecchino dalla borsa. Avevo un piano per catturare il nostro ladro. «Per fortuna conosco persone che possono aiutarci a venire a capo del mistero. Faremo in modo che la legge si abbatta su di loro con tutta la sua forza. Si dà il caso che la mia coinquilina Jo sia un'esperta di medicina legale. Domani mattina verrà subito da noi, per un'indagine minuziosa. La polizia, ovviamente, sta prendendo la questione molto sul serio. Sono certa che se c'è qualcuno che si aggira furtivamente nel nostro negozio avrà una brutta sorpresa quando la sergente Wilson verrà a bussare.»

«Oh, no» mormorò Tabitha.

«Oh, sì.» Annuii vigorosamente. «Il ladro ha fatto cadere questo orecchino. Stasera, quando torneremo al negozio, lo metterò in una busta per le prove e lo lascerò sulla scrivania di Heathcliff perché Jo lo analizzi. Sono sicura che troverà delle tracce di DNA che ci porteranno al ladro.»

«È una buona idea» disse Tabitha con voce flebile, poi buttò giù il suo vino in un solo sorso e prese quello di Roland. «Questo malvagio deve pagare.»

«Non potrei essere più d'accordo.» Infilai di nuovo l'orecchino in tasca.

Roland tornò dal bagno. «Volevo chiederti, Mina: potremmo prendere in prestito il tuo uccello per il nostro servizio fotografico? È una creatura davvero notevole.»

«Cra.» Quoth concordò con la valutazione di Roland. *Se solo sapesse.*

«Ho raccontato a Roland tutto sul corvo» disse Tabitha, finendo il vino del fotografo. «Di come Quoth sia una specie di mascotte del negozio, e del fatto che il signor Heathcliff si presenti come un vecchio brontolone, ma poi in realtà salvi tutti questi animali. Prima l'uccello, e poi quel gatto irritabile. Non si preoccupa nemmeno di tutte le deiezioni che lasciano in giro.»

«Io ho un'affinità particolare con i corvi» confessò Roland accarezzando la testa di Quoth. «Sono tra gli animali più intelligenti che esistano. E questo ragazzo qui mi ricorda quella poesia, "Una volta, a mezzanotte, mentre stanco e affaticato"...»

«Cra.» Quoth lanciò un'occhiata di avvertimento al fotografo.

«Non lo farei se fossi in lei» dissi.

Ma Roland ormai era lanciato. «Ho studiato i classici a Cambridge, vedi. Sono un amante della grande letteratura. So recitare le grandi opere a memoria. "Sopra molti bizzarri e strani tomi di una scienza dimenticata..."»

«Cra.» Quoth sbatté le ali e si alzò in volo, librandosi appena al di sopra della testa di Roland. *Ultimo avvertimento.*

«"Mentre chinavo la testa, quasi assopito, all'improvviso si sentì un picchiettio, come di qualcuno che delicatamente bussava, bussava alla porta della mia camera"...»

«Cra!»

SPLAT.

Tirai fuori il telefono e scattai una foto nel momento in cui una gigantesca palla di cacca di corvo atterrava sulla testa calva di Roland Crabapple.

«Grazie, Roland» risposi raggiante. «Questa è per i biglietti di Natale del negozio.»

9

«Vuoi che aspetti alzato con te?» chiese Heathcliff mentre stendevo una coperta sul divano di pelle. Avevamo passato il resto della serata a mettere in giro la voce *non troppo velata* che Jo avrebbe condotto la sua indagine forense. Se un colpevole avesse voluto cancellare le proprie impronte, o le prove rimaste sulla scena del crimine, oppure recuperare dalla scrivania di Heathcliff l'orecchino perduto, sarebbe dovuto rientrare di nascosto nel negozio quella sera. Io sarei stata lì in attesa.

Jo era in visita a dei cugini in Scozia per le vacanze. Anche se fosse stata a casa, dubito che avrebbe condotto un'indagine forense per il furto di un albero di Natale, ma non era necessario che il villaggio lo sapesse.

«Cra!» protestò Quoth, saltellando sul mio cuscino. *Mi prendo io cura di te e non lo voglio qui.*

Guardai Heathcliff e scossi la testa. «Tranquillo. Ho Quoth. Tu vai pure a letto.»

Heathcliff mi fissò. Avevo rifiutato il suo aiuto e l'avevo offeso. Mi chiesi se quell'offerta non fosse il suo modo di avvicinarsi. Forse stava cercando di stare da solo con me per potermi parlare di ciò che lo preoccupava. Aprii la bocca per dire che avevo cambiato idea, ma Heathcliff stava già salendo le scale.

Sospirai e mi voltai verso il divano. Dove solo pochi istanti prima c'era il corvo, ora c'era un bellissimo ragazzo nudo. «Che liberazione» borbottò Quoth, scostandosi i capelli di seta dal viso.

«Non fare così. Credo che volesse parlare con me» gli dissi. «Forse se andassimo insieme da lui e...»

«Non voglio parlare con Heathcliff. O *di* Heathcliff.» Quoth si avvicinò e tirò la cordicella per spegnere la luce. Tranne che per un filo di lucine avvolto sulla balaustra, la Libreria Nevermore era immersa nell'oscurità. La misteriosa corrente d'aria attraversò la stanza, e mi posò baci di ghiaccio sulla pelle. Quoth rabbrividì e mi tirò a sé.

Avvolti dall'oscurità, ci parlavamo sussurrando. Perlopiù, lasciai che fosse lui a parlare, e che mi esprimesse tutta la sua frustrazione e i sospetti su Heathcliff in un'ondata di amaro risentimento che non aveva nulla a che fare con il Quoth che conoscevo. Lo strinsi forte e avrei voluto rassicurarlo sul fatto che avremmo trovato il vero colpevole, che avremmo recuperato i regali e che lui e Heathcliff sarebbero potuti tornare amici, ma non ero sicura che sarei stata così convincente come speravo.

L'unico modo per riparare la loro amicizia era dimostrare che Heathcliff non aveva rubato l'albero. Anche Quoth lo aveva capito. Era quello il motivo per cui era lì con me, ad aspettare nella penombra che accadesse qualcosa...

Una chiave girò nella serratura. Mi si mozzò il fiato in gola. Mi irrigidii e rimasi immobile, per evitare che anche solo un minimo movimento potesse svelare la nostra presenza. Tra le mie braccia, il corpo di Quoth mutò, ritraendosi in silenzio mentre le piume gli bucavano la pelle. Un attimo dopo, un uccello d'ombra mi sgusciò via dalle braccia e andò ad aspettare in agguato.

Criick. La porta si aprì.

Criick. Criick.

Qualcuno attraversò il corridoio in punta di piedi. Un'ombra si mise tra me e le lucine mentre armeggiava con una torcia. Quoth scese in volo dal busto, gracchiando a tutto volume e sbattendo le ali in faccia all'intruso.

«Argh, aiuto, aiuto!» gridò lo sconosciuto.

«A-ah!» gridai in trionfo. Balzai in piedi da dietro la scrivania e accesi la luce. Tabitha aveva un'espressione terrorizzata mentre sbatteva inutilmente le mani contro Quoth, che le si scagliava addosso con tutta la furia di un uccello indispettito.

IO

«Che ci fai qui, Tabitha?» chiesi.

«Io... io...» Si chinò quando Quoth le afferrò il bavero del cappotto e cercò di tirarglielo sopra la testa. «Toglimi di dosso questo uccello! Avrà la rabbia.»

«Cra!» Quoth la colpì con la testa. *Non mi piace.*

«Sei perfettamente al sicuro. Non ha la rabbia e ti assicuro che non ti attaccherà più.» Alzai il braccio e Quoth volò verso di me. «A patto che tu risponda alla mia domanda. Non puoi essere qui per preparare il servizio fotografico: ti ho già detto che è stato rimandato. Allora perché sei entrata di nascosto nel negozio?»

Aveva le labbra che le tremolavano. «Tecnicamente, non ho fatto nulla di illegale. Mi hai dato tu la chiave.»

«Cra!» Quoth la fissò con i suoi occhi gialli. Tabitha mugolò. Poi crollò sulla poltrona di velluto, con le spalle ingobbite.

«E va bene. Sono venuta per cercare l'orecchino che ho perso. Perché... perché ieri sera io e Roland siamo venuti qui, a fare sesso sotto l'albero, e l'ho perso.»

Tra tutte le cose che mi avrebbe potuto dire, questa non me l'aspettavo. «Tu... cosa?»

«È uno dei piccoli rituali di Roland. Sai come sono fatti gli artisti: sesso e ispirazione sono intrecciati. Prima di un servizio fotografico, Roland ama fare l'amore sul set, con una delle modelle. Fa parte del suo processo creativo. E quando ha saputo che il set era un enorme albero di Natale, si è eccitato ancora di più. Crede che il sesso in mezzo alla natura abbia un effetto magico sull'ambiente circostante.»

«Fammi capire: tu e Roland Crabapple ieri sera eravate qui, al piano terra, a scopare sotto l'albero?»

«Beh, l'idea era quella di farlo sotto l'albero. Però era crollato sul tavolo, quindi aveva lasciato un po' di spazio qui dietro.» Mi indicò il punto. «Ma c'erano così tanti regali che era un po' scomodo. Poi il piede di Roland ha urtato il supporto e l'albero si è rovesciato a terra.» Si strinse nelle spalle, imbarazzata. «Così, invece, mi ha piegata sulla scrivania.»

Mi scostai di scatto dalla scrivania, tirando indietro le mani. *Avrò bisogno di un potente disinfettante. No, no, Roland Crabapple potrebbe averlo toccato con il... Siamo finiti. Dovremo bruciare la scrivania e spargere sale tutto intorno.*

«A che ora è successo?»

«Siamo arrivati qui appena dopo la mezzanotte. Lo so perché Roland ha voluto aspettare che l'orologio della chiesa battesse le dodici. Anche questo fa parte del suo rituale.»

Il mio cuore sussultò di gioia. Se l'albero era ancora qui quando Roland e Tabitha stavano facendo le loro cose a mezzanotte, allora Heathcliff non se ne era sbarazzato dopo il suo ritorno dal pub. Questo dimostrava che Heathcliff non...

No, non dimostrava un bel nulla. La sergente Wilson avrebbe comunque sostenuto che Heathcliff avrebbe potuto tornare giù e sbarazzarsi dell'albero dopo che Roland e Tabitha se ne erano andati. Inoltre, io già lo sapevo che non era stato Heathcliff, ma comunque non avevamo ancora ritrovato né l'albero né i regali.

Se l'albero non l'aveva preso lei, Tabitha era stata l'ultima persona a vederlo intatto. O, per lo meno, semi intatto. Passai la mano tra il mucchio di aghi sul tavolo. *Ora sappiamo perché ci sono così tanti aghi qui intorno.* «A parte aver rovesciato l'albero, non avete toccato i regali? Non può averli presi Roland...»

«Oh, no, ce ne siamo andati portandoci via le nostre cose, e nient'altro.» Tabitha mi rivolse un sorriso colpevole. «Tranne il mio orecchino. Sapevo che se la vostra amica della scientifica l'avesse trovato, mi avrebbero fermata per un interrogatorio e avrei dovuto ammettere quello che avevamo fatto io e Roland. Ah, e mentre raccoglievo i miei vestiti, ho pestato uno dei pacchetti e l'ho rotto: sono finita tutta piena di questo liquido maleodorante.»

L'erba gatta.

«Roland era fuori ad aspettarmi, quindi per fortuna lui non si è sporcato. Mi ci sono volute ore di doccia per togliermi l'odore di dosso!» continuò Tabitha. «Non c'è da stupirsi che Roland sia scappato.»

Aspetta, cosa? Mi sporsi verso di lei. «Dov'è andato Roland?»

«Non lo so! Avevamo preso una stanza insieme all'Argleton Arms, ma non è più tornato. La mattina dopo mi ha mandato un messaggio e ci siamo trovati a colazione. Aveva i vestiti sgualciti e sporchi. Mi ha detto che era andato a fare una passeggiata al King's Copse mentre faceva una videochiamata con il suo gatto, e che aveva perso la cognizione del tempo. Ma che senso ha?»

«Non ne ho idea.» Se durante la notte Roland aveva fatto sparire le sue tracce, significava che poteva essere tornato al negozio per rubare l'albero e i regali? «Ricordi se quando sei tornata in albergo avevi ancora la mia chiave?»

«Non ho guardato. Ero così ansiosa di togliermi di dosso quel puzzo. Ma di sicuro dopo la colazione era nella tasca del mio cappotto.» Tabitha strinse una mano e mi guardò con occhi supplicanti. «Mina, ti prego, manterrai il mio segreto? Io e

Roland non abbiamo preso i regali e non posso sporcarmi la fedina penale. Non potrei più fare il mio lavoro di volontariato. E poi, lo verrebbe a sapere mio marito e i pettegolezzi ci rovinerebbero.»

Allora forse non avresti dovuto fare sesso con uno squallido fotografo nel negozio di qualcun altro, mi veniva da dirle, ma mi trattenni. Non conoscevo la situazione di Tabitha e non avevo intenzione di metterla alla gogna per le sue decisioni sbagliate. «A me interessa solo ritrovare l'albero e i regali. Tutti pensano che sia stato Heathcliff.»

«Beh, lui in effetti è stato parecchio critico» replicò Tabitha tirando su con il naso. «Non capisco come sia possibile odiare così tanto il Natale. È vero, tutti questi canti sono fastidiosi, ma non c'era bisogno di esprimersi con così tanta maleducazione nei confronti di chi, come noi, cerca solo di fare del bene alla comunità.»

Non potevo certo contraddirla. «È possibile che qualcuno si sia intrufolato dentro nei momento in cui voi eravate... ehm... occupati?»

«Immagino di sì. Mentre noi ci davamo dentro, la porta è rimasta aperta. Roland aveva una borsa piena di giochini.» Tabitha si strinse il colletto. «Con una piuma sa fare cose che farebbero arrossire il tuo amico uccello.»

«Cra?» Quoth sembrava inorridito. Sarei scoppiata a ridere, se non fossi stata così impegnata a cercare di togliermi i residui di Roland dalle mani. «Quando siete entrati o usciti, non avete visto nessun altro nei pressi del negozio?»

«Non mi pare... ah, sì, in effetti sì. Quel tipo... il vagabondo. Earl? Quando siamo usciti era seduto sotto il davanzale della finestra. Abbiamo anche scambiato qualche parola.»

«Con Earl?» Il senzatetto non era noto per essere particolarmente loquace. Una delle poche persone con cui andava d'accordo era Heathcliff, proprio perché nessuno dei due pronunciava più di due sillabe alla volta, se poteva evitarlo.

«Esatto!» replicò Tabitha ridacchiando. «È stato divertente. Earl mi ha chiesto perché non si vedeva più l'albero dalla finestra, e io gli ho detto che probabilmente il signor Heathcliff l'aveva buttato giù in un impeto di rabbia, dato che aveva dichiarato di non volerlo! Earl non ha minimamente intuito perché fossimo qui. Lasciamelo dire, da donna a donna: il brivido di essere scoperti rende il tutto ancora più eccitante.»

«Sì, beh, ne sono convinta.» Le tesi una mano. «Per sicurezza, mi riprendo la chiave.»

Tabitha la pescò dalla tasca e me la fece cadere in mano. «Bene, credo che me ne andrò. Grazie per la tua discrezione. Se in paese sentirò parlare dell'albero, farò in modo di fartelo sapere.»

«Lo apprezzo molto, Tabitha.»

E se ne andò.

Non appena la porta si chiuse, Quoth scese in volo e passò alla sua forma umana. «Abbiamo trovato la risposta. Tabitha non è la ladra. Vuoi venire di sopra, a letto, ora? Qui sotto si gela.»

Mi battevano i denti, con la corrente d'aria fredda che attraversava la stanza. «Non ancora.» Presi tra l'indice e il pollice un angolo del mio quaderno preferito, lo sollevai con delicatezza dalla scrivania e lo gettai nel cestino. «Prima devo disinfettare la scrivania.»

Mentre strofinavo il legno con un detergente industriale, la mia mente vorticava su ciò che avevamo appreso. Earl era lì fuori quella notte, e inoltre mi aveva chiesto dell'albero. Forse il giorno dopo avrei dovuto parlargli.

II

Mi svegliai di soprassalto, non per la luce che filtrava dalla finestra della soffitta, ma per una folata fredda che mi colpì in viso. Di nuovo quella maledetta corrente: era ovunque, nel negozio. Mi alzai dal letto, indossai i leggings di pile, il maglione di lana, la felpa di Quoth, il mio trench invernale e un paio di guanti rossi. Feci più giri intorno al collo con la mia sciarpa rossa preferita. Eppure, avevo ancora freddo.

«Dobbiamo proprio sistemarlo, quello spiffero» mormorai infilandomi in cucina, a cercare le mollette per capelli che avevo lasciato la sera prima sul bancone. Non c'erano. Morrie era in piedi ai fornelli, anche lui vestito con una grande quantità di maglioni e giacche, che saltellava impaziente da un piede all'altro aspettando che l'acqua bollisse.

«Lo riparerei, se solo capissi dov'è.» Il bollitore fischiò. Morrie versò l'acqua in due tazze già pronte e mi porse il mio primo tè della giornata. Per qualche istante rimanemmo in silenzio a sorseggiare il liquido ambrato, lasciando che il calore delle tazze ci scaldasse le mani gelate.

Quando la mia bocca fu abbastanza calda da riuscire a

parlare, raccontai a Morrie ciò che avevo appreso. Le sue labbra si tesero in un sorriso quando gli dissi cosa avevano fatto Tabitha e Roland.

«Quindi quella sera tutti hanno avuto la loro dose, tranne Heathcliff. Non c'è da stupirsi che fosse furibondo con quell'albero.»

Quoth arrivò in volo e si appollaiò sulla mia spalla. Gli porsi la tazza e lui abbassò la testa per bere le ultime gocce di tè. «Io e Quoth andiamo a parlare con Earl. Vuoi venire?»

«Certo che no. Io passerò la giornata a pedinare Bertie Robinson. Spero di coglierlo in atti sordidi e depravati. Portatevi dietro Heathcliff: magari lui riesce a farsi dare una risposta coerente dal suo amico Earl.»

Quoth scosse la testa così vigorosamente che quasi mi fece cadere la tazza dalle mani.

«Penso che prima proveremo da soli» mi affrettai a dire, proprio mentre Heathcliff usciva dalla stanza e si precipitava in cucina.

«Caffè» mormorò, prendendo il bollitore. Versò tre cucchiaini di caffè istantaneo nella tazza, poi tirò fuori dalla tasca una fiaschetta e ne versò una generosa dose. Perfino Morrie si meravigliò.

Quoth spiccò il volo dalla mia spalla e uscì rapido dalla stanza. Heathcliff non alzò lo sguardo. Non mi piaceva che fossero così arrabbiati.

«Dobbiamo parlare.» Afferrai il braccio di Heathcliff e lo trascinai in salotto. Lui sprofondò nella sua poltrona e bevve un sorso del suo caffè corretto. «Che ti succede?»

«Sono stato ingiustamente accusato di un crimine» mormorò senza staccare le labbra dalla tazza.

«E stiamo tutti cercando di aiutarti. Ma tu hai la luna storta da quando il calendario è passato al primo di dicembre. Non è solo colpa dei canti natalizi e dei clienti felici.»

«Sono un essere irascibile e irrequieto. È la mia natura» ribatté.

«È vero. Ma tutto questo è diverso. Sei sfuggente e non vuoi che entri nella tua stanza. Mi hai sbattuto in faccia il cassetto della tua scrivania per non farmici guardare dentro. Ti chiudi a riccio quando cerco di chiederti cosa c'è che non va.»

«Questo perché *non c'è niente* che non vada, tranne il fatto che tu continui a tormentarmi.» Heathcliff fissò lo sguardo su un angolo della stanza e sorseggiò il caffè. L'unico indizio che mi faceva capire che era consapevole della mia presenza era la tensione che gli vedevo nelle spalle.

«Bene.» Strinsi i pugni. Volevo che mi guardasse, che incontrasse i miei occhi e capisse che mi stava facendo del male, a comportarsi così con persone che gli volevano bene. Ma lui non spostò lo sguardo dalla tazza.

Al diavolo. Girai sui tacchi e scesi le scale a passi pesanti. Quoth svolazzò giù e venne a posarsi sulla mia spalla mentre prendevo l'elenco telefonico per cercare il numero di un negozio di mobili. *Sono così arrabbiato con lui,* mi disse dentro la testa, furioso. *Non ha il diritto di trattarti così, soprattutto perché tu stai cercando di aiutarlo.*

«Lascia perdere» dissi cercando di usare un tono leggero, anche se il comportamento così insensibile di Heathcliff mi faceva ancora male. «Andremo a parlare con Earl e andremo a fondo della questione. Così Heathcliff capirà quanto ci teniamo a lui.»

Quoth rimase in silenzio. Per fortuna, perché non avrei potuto sopportare di sentirlo dire che non gli importava di Heathcliff. Telefonai al negozio di mobili, chiedendo che mi venisse consegnata al più presto una nuova scrivania. Poi presi i guanti e il berretto e mi avviai verso la porta d'ingresso, pronta a sfidare il freddo pungente. Onestamente, con quello spiffero in negozio che faceva sembrare di essere in una tempesta di neve antartica, fuori non era molto peggio.

«Buongiorno, Mina!» mi salutò la signora Ellis dall'altra parte della strada. Sua nipote Jonie si stringeva a lei sotto un ombrello gigante coperto di smiley gialle. «Io e Jonie stiamo andando a prendere una cioccolata calda. Vuoi venire con noi?»

«Non adesso, temo. Ho alcune faccende da sbrigare.»

Jonie sgranò gli occhi e fissò Quoth. Notai che aveva dei pezzetti di fili argentati incastrati tra i capelli. *Quel filo maledetto finisce dappertutto.* «Il tuo uccello ti sta tutto il giorno sulla spalla? Non vola via?»

«Può farlo, se vuole» le dissi sorridendo. Jonie sembrava di umore migliore rispetto all'ultima volta che l'avevo vista. Forse il mercatino di Natale aveva fatto miracoli. «Quoth è mio amico. Non voglio costringerlo a stare con me. Voglio che rimanga perché gli piace la mia compagnia.»

Lei sgranò ulteriormente gli occhi. «Posso dargli da mangiare?»

«Certo. Ho proprio della frutta qui...» Frugai nella borsa, ma lei tirò fuori dalla tasca una manciata di semi per uccelli. Aprì la mano tenendola piatta e Quoth si chinò per raccogliere con delicatezza i semi che le scivolavano tra le dita.

«Jonie si porta sempre dietro delle leccornie per gli animali» mi spiegò con un sorriso la signora Ellis. «L'altra tasca è piena di biscotti per cani. Deirdre non la lascia uscire di casa perché dice che butta via tutto il cibo, ma io credo che sia un bene che una bambina abbia degli interessi.»

«È davvero dolce» sussurrò Jonie. Nonostante il suo atteggiamento risentito, si vedeva che amava davvero gli animali.

«Vero. Ed è anche molto intelligente. Alcuni studiosi ritengono che i corvi abbiano le capacità intellettive di un bambino di tre anni.»

«Cra.» Quoth smise di mangiare per lanciarmi un'occhiata schifata.

Gli accarezzai la testa. «Scusa, volevo dire quattro.»

Il sorriso di Jonie avrebbe rallegrato anche Heathcliff. «Vorrei che mia madre mi permettesse di tenere un uccello. Ma lei lo vorrebbe sempre in gabbia, e non credo sia giusto.»

«Cra» concordò Quoth.

«Vorresti davvero un uccello da compagnia?» le chiesi. «Sono molto belli, però non possono farti le coccole, né accucciarsi in fondo al letto.»

Ehi. Io do abbracci eccellenti.

«Se potessi scegliere un animale domestico, prenderei un cane» mi spiegò Jonie senza smettere di sorridere. «Un cucciolo come quelli che il signor Robinson aveva ieri sera. Potrei addestrarlo e insegnargli dei giochetti e sarebbe il mio migliore amico. Ma mia madre odia gli animali. È brutto essere piccoli, perché non si può fare quello che si vuole.»

«È vero. Anche essere adulti a volte è brutto.» Poi mi rivolsi alla signora Ellis. «Sembra che lei abbia il suo bel da fare con questa ragazzina qui. Per caso ha visto Earl Larson in giro stamattina?»

«Sì, sì. Stamattina è passato dal centro comunitario ed era di umore allegro. Fischiettava canti natalizi e sorrideva tra sé e sé. Immagino che sarà giù alla vecchia stazione. È lì che di solito si riunisce con i suoi amici. Però non tardate troppo. Dopo che avremo finito la cioccolata, torneremo alla Nevermore per fare un po' di shopping natalizio. Ho messo gli occhi sul prossimo *Cinquanta sfumature...*»

«Temo che non sia possibile. Il negozio è... chiuso per riparazioni.» Avevo deciso di non aprire, per evitare che altri abitanti del villaggio potessero venire a guardare la stanza senza l'albero e a spettegolare su Heathcliff in mia presenza.

Tanto non è che ci avremmo perso: nessuno ci teneva a fare compere in presenza del Grinch di Argleton.

La signora Ellis arricciò le labbra. «Mina, tesoro, non puoi lasciarti condizionare da questi pettegolezzi. Chi conosce il signor Heathcliff è convinto della sua innocenza.»

«Lo apprezzo molto.» Sbattei le palpebre, cercando di trattenere le lacrime. «Ma sa com'è: anche la polizia crede che sia lui il colpevole. Non hanno intenzione di dedicare nessuna risorsa alla ricerca dei regali rubati, quindi tocca a me.»

«È terribile» disse Jonie, fissandosi le scarpe. Sapevo che stava pensando a tutti quegli animali che avrebbero sofferto.

«Per questo oggi il negozio è chiuso: devo dedicare tutte le mie energie a trovare il vero ladro e a rimettere i regali al loro posto.» Mi costrinsi a sorriderle. «Ti prometto che io e Quoth li troveremo, e che tutti gli animali del rifugio passeranno il miglior Natale di tutti i tempi. Però in questo momento sto seguendo una traccia, quindi dobbiamo andare.»

«Grazie, Mina.» La signora Ellis mi diede una stretta al braccio mentre lei e Jonie si dirigevano verso la panetteria. Io arrancai nella neve in direzione della vecchia stazione.

Non so perché ti preoccupi di difenderlo, la voce di Quoth si insinuò nei miei pensieri.

«So che tutto depone contro di lui» dissi ad alta voce. «Ma noi dobbiamo dimostrare la sua innocenza. E sarà difficile, se anche i suoi amici sospettano di lui.»

È proprio perché sono suo amico, che sospetto di lui, disse Quoth. *Tu non eri qui lo scorso Natale. Non hai visto come si comporta. Diventa scortese, cattivo e terribile. Anche oltre i suoi soliti standard.*

«Il vero mistero è questo» commentai. «Perché Heathcliff è così tanto Grinch? Si vede che ha qualcosa che non va. Vorrebbe parlarne, ma ha paura. E quando ha paura, si sfoga... Ah, eccoli!»

Mi precipitai lungo la strada, girando l'angolo su Old Station Road. Davanti a noi si stagliava una vecchia stazione ferroviaria vittoriana in mattoni, circondata da cumuli di spazzatura, con erbacce cresciute a dismisura. Prima che io nascessi, la ferrovia era stata dirottata verso una stazione nuova, più vicina al centro del paese, per collegarla alla linea principale per il Barchester, e quella stazione era stata abbandonata. Ogni anno si parlava di recuperare l'edificio e di trasformarlo in un centro sociale, in un museo o in un vivaio. E ogni anno non si faceva mai nulla. Al contrario, gli adolescenti ci andavano per bere, fumare e scopare, e i senzatetto locali lo usavano come rifugio e luogo di incontro.

Mentre mi avvicinavo, sentii suoni di risate e canti. Varcai la porta di ingresso, ma l'edificio era vuoto. Solo alcuni sacchi a pelo sparsi e un bidone d'acqua dimostravano che c'era stato qualcuno. Man mano che ci avvicinavamo al binario, i suoni si facevano più forti.

Quoth sbirciò dentro la biglietteria e scosse la testa. Io spalancai una delle porte rotte con una spallata e arrivai sul binario, incespicando in una lunga crepa nel cemento. Fui accolta da uno spettacolo sconvolgente.

Earl era seduto su un bidone della spazzatura rovesciato, con un violino stretto sotto il mento e suonava un brano movimentato. Accanto a lui, un altro senzatetto che avevo già visto in giro per il villaggio suonava un fischietto di metallo. Una fila di persone ballava una giga scatenata intorno a un fuoco che ardeva in un'enorme latta.

Al centro di tutta quella festa, troneggiante sul fuoco come un genitore vigile, si trovava un maestoso albero di Natale addobbato da cima a fondo con fili argentati e palline di vetro. Era leggermente sbilenco, con alcuni rami spezzati, ma per il resto era in condizioni perfette.

Era il nostro albero!

12

«Ehi!» Mi lanciai in mezzo al cerchio, agitando le braccia. «Fermatevi subito!»

Il violino di Earl stridette in protesta. Spaventato da quel suono, Quoth sbatté le ali all'impazzata e cadde giù dalla mia spalla. Andò a schiantarsi addosso all'albero, che si inclinò di lato, dato che il bidone della spazzatura che lo reggeva in piedi non riuscì a contenere il colpo improvviso. Tre persone vestite con abiti mal assortiti si precipitarono a raddrizzarlo.

Earl mi fissò. «Che ci fai qui?»

«Secondo te?» gridai. «Sono qui per fare giustizia!»

«Stavamo solo ballando. Non è illegale.»

«Parlo dell'albero! Non posso credere che tu ce lo abbia rubato, Earl. Pensavo che fossi amico di Heathcliff. Ora tutti in paese credono che sia stato lui a rubare questo albero. Sono praticamente pronti a crocifiggerlo per questo fatto, e invece sei stato tu!»

«Ehi, io non ho rubato un bel niente!» ribatté Earl. «Non posso credere che tu mi accusi di una cosa del genere. Ce l'ha regalato il signor Heathcliff.»

«Davvero?» Era ancora peggio. Significava che Heathcliff... che lui...

Earl annuì. «Proprio così. L'altro giorno mi ha visto che lo ammiravo dalla finestra e ha detto che poteva essere nostro appena finiva di usarlo. Ogni anno il 27 dicembre quando il Rose & Wimple smonta l'albero, ce lo dà, e noi facciamo qui la nostra festa di Natale, capisci? E quest'anno è la prima volta che siamo riusciti ad avere un albero prima di Natale! E questo non puzza neanche di birra e piscio. I bambini sono troppo felici. Ecco perché stavamo festeggiando.»

«Ma perché hai pensato che Heathcliff avesse finito con l'albero?»

«La donna che è uscita dal negozio ieri sera ha detto che Heathcliff aveva detto di aver chiuso con il Natale. Aveva anche fatto cadere l'albero. Così abbiamo pensato che potevamo prenderlo.»

«Perché non l'hai chiesto direttamente a Heathcliff?»

Earl si strinse nelle spalle. Il suo gattino fece capolino dal colletto del cappotto e si andò a sedere sulla sua spalla, guardando Quoth. «Sai com'è fatto il signor Heathcliff: non gli piace molto ripetersi, quando una cosa te l'ha già detta. E in più, nelle ultime due settimane è stato parecchio scontroso. Non volevo disturbare. Quando è uscito il tipo io sono entrato nel negozio e sono rimasto nascosto. Ho aspettato fino a quando la donna non si è chiusa la porta alle spalle, e ho chiamato i miei ragazzi che erano in fondo alla strada. Abbiamo tirato fuori l'albero e l'abbiamo trascinato fin qui.»

«E i regali? Non dirmi che vi siete spartiti anche quelli?»

Earl scosse la testa. «No, no! I regali li abbiamo lasciati lì, lo giuro! Heathcliff non ha mai detto che potevamo prendere i regali. Saremo anche dei senzatetto, signorina Mina, ma non siamo ladri. E non prenderemmo mai i regali di Natale di qualcuno. Sappiamo cosa vuol dire non avere nulla a Natale.»

Ero lacerata dal senso di colpa. Avevo sbagliato ad andare lì e a pensare il peggio di loro. Quando avevo visto l'albero avevo dato di matto, ma non avrei dovuto accusare Earl senza prima sapere la sua versione dei fatti. «Mi dispiace, Earl. Non avrei dovuto fare supposizioni. Credo... il fatto è che sono preoccupata per Heathcliff e forse mi sono fatta un po' prendere la mano.»

«Anche a me dispiace molto. Pensavamo che fosse giusto che lo avessimo noi, l'albero.» Earl schioccò le dita. «Ratty! Boris! Fatso! Venite qui. Dobbiamo riportare l'albero alla libreria...»

«No, tranquillo.» Gli feci un grande sorriso. «Ti prego. Non sapevo dell'accordo che avevi con Heathcliff. Tenete pure l'albero. Noi possiamo trovarne un altro.»

«E le decorazioni? Devono essere costate un bel po'.»

Non ne hai idea. «Tieni anche quelle. Penso che siano fantastiche, alla luce del fuoco.»

«Che tu sia benedetta, signorina Mina.» Earl si portò una mia mano alle labbra screpolate e mi baciò le dita. «Sei il nostro angelo di Natale.»

Non mi sentivo affatto un angelo di Natale. Mi sentivo una vera cacca. E non avevamo ancora la minima idea di chi avesse preso i regali. Quoth tornò a sistemarsi sulla mia spalla mentre percorrevo il binario a ritroso. Tirai fuori il cellulare e, con dita tremanti, digitai il numero del vivaio di Natale del King's Copse.

«Salve, sono Mina Wilde della Libreria Nevermore. Vorrei ordinare un altro albero di Natale, se ve ne sono rimasti. Il nostro è stato rubato.»

«Non ho nessuna intenzione di venderti un altro albero solo perché quel malvagio di Heathcliff possa rubarlo di nuovo» strillò la donna all'altro capo. «Quei regali erano per gli animali. Dovresti vergognarti! Dovrei denunciarti alla polizia per...»

Riattaccai. Quoth mi accarezzò la guancia, le sue piume

erano morbide e calde contro la mia pelle fredda. *Devi essere contenta* mi disse. *Abbiamo trovato l'albero. Sappiamo quando è successo. È un passo in più verso l'identificazione del nostro ladro.*

«Stai dicendo che cominci a sospettare che Heathcliff non sia il responsabile?» Spinsi la porta del negozio, mi tolsi gli stivali e mi diressi verso le scale.

Penso che se Heathcliff ha offerto il nostro albero a Earl e ai suoi amici in modo che potessero passare un bel Natale, allora probabilmente non è stato lui a rubare i regali destinati al rifugio per animali.

«Mi fa piacere che lo pensi.» Gli accarezzai la testa. «Dobbiamo ricordare che abbiamo già fatto questo errore in passato. Noi pensiamo che sia egoista, ma in realtà sta solo tenendo ben nascosti i suoi sentimenti. Scommetto che se...»

Mi bloccai di colpo, incapace di parlare.

No.

Non può essere.

Ma non c'era nessun dubbio su ciò che vedevo. Al centro del soggiorno c'era Heathcliff che spingeva un enorme pacchetto dentro il mobile del televisore. Ai suoi piedi c'erano due regali più piccoli, incartati nelle preziose carte di Betlemme Brillantosa di mia madre. Quando ci vide fece un'espressione arrabbiata. E anche colpevole.

È stato Heathcliff. Ha rubato lui i regali.

13

«Vattene» sbraitò. «Non puoi vedermi.»

«Heathcliff, cos'è quel pacco?» Indicai la scatola. «È la carta da regalo di mia madre, quella che vendeva per l'albero della beneficenza.»

«Non è vero.»

«Sì, invece! E perché hai questi regali?» Mi chinai per prendere una delle scatole più piccole, ma Heathcliff me la strappò dalle mani. «Tu non fai regali a Natale, quindi so che questi non sono tuoi. Perché li stai nascondendo?»

In tutta risposta, lui mi fissò in un silenzio di tomba.

«Stiamo cercando di dimostrare la tua innocenza e tu...» Serrai i pugni. «Insomma, non posso credere che tu l'abbia fatto davvero.»

«Tu sei convinta che io abbia rubato i regali.» Le parole di Heathcliff erano taglienti, grondanti di disprezzo.

«Se non li hai rubati, allora perché stai cercando di nascondermeli?» Lui si rabbuiò in volto. «Se solo mi parlassi, potremmo...»

«Che senso ha parlare? Tanto hai già deciso.» Heathcliff

prese i pacchetti tra le braccia e uscì sbattendo la porta della sua camera da letto. Un silenzio pesante e penoso calò nella stanza.

14

Corsi al piano di sotto. I mobilieri stavano smontando la scrivania del sesso e svuotavano il contenuto dei cassetti di Heathcliff in un angolo. Mi accasciai contro il muro, con la testa tra le mani. Quoth saltellava sul tappeto davanti a me, tirando un filo argentato che Grimalkin si divertiva a inseguire. Nemmeno le loro buffonate riuscivano a tirarmi su di morale.

Almeno i mobilieri non si facevano scrupoli a entrare nel negozio di Heathcliff, il malvagio Grinch del Natale. Nel punto da cui era stata rimossa la scrivania rimaneva a terra un quadrato di un blu brillante, che si contrapponeva al grigio spento della moquette esposta.

Una mano mi si posò sulla spalla.

«Non ti voglio più vedere così depressa, bellezza. Stiamo ancora lavorando al caso.» Morrie mi tirò in piedi, spazzandosi via degli aghi di abete dal davanti della giacca.

«Qual è il punto? Heathcliff ha rubato i regali. Non ce li restituirà, né ci dirà perché l'ha fatto.»

«Lo credi davvero?» Morrie affondò i suoi occhi di ghiaccio nei miei. «Metti da parte le prove per un momento e fai quello che la mia arcinemesi Sherlock Holmes non farebbe mai. Tu conosci Heathcliff meglio di chiunque altro. Secondo te, lui ruberebbe i regali per poi nasconderli proprio qui nel negozio?»

Strizzai gli occhi, ricordando ogni momento tenero e ogni bacio rovente che io e Heathcliff avevamo condiviso da quando avevo accettato il lavoro alla Libreria Nevermore. Dal nostro picnic accanto al ruscello al King's Copse, alla scopata nel bagno di casa Lachlan, al tentativo di ballare una danza regency al ballo a tema Jane Austen. Avevo calpestato i piedi di Heathcliff a ogni passo, e lui non si era mai lamentato. Beh, sì, si era lamentato. Però non aveva mai smesso di ballare.

«No» dissi. «Non è stato lui.»

«Esatto.» Morrie mi passò un quaderno nuovo di zecca. «Ora proviamolo.»

Cercai la mia penna scintillante preferita nel mucchio della cancelleria nell'angolo, ma continuavo a non trovarla. Con un sospiro, ne presi un'altra e presi un appunto in cima alla pagina. «Sappiamo che Earl e i suoi amici hanno preso l'albero verso l'una di notte, e i pacchetti erano ancora qui. Io ho scoperto che erano spariti alle 7:22 del mattino. Questo significa che c'è una finestra di sei ore durante la quale potrebbero essere stati rubati. Forse un intruso si è intrufolato mentre Earl era alla finestra laterale che parlava con i suoi ragazzi?»

«Io scommetterei ancora sul contabile» disse Morrie. «L'ho pedinato tutto il giorno. Ha visitato cinque diversi negozi e attività commerciali in paese e ha pregato tutti di pagargli le fatture. Aveva il cane e i quattro cuccioli al guinzaglio, che sembravano molto ben nutriti. Avevano anche tutti dei collari nuovi di zecca. Scommetto che sono arrivati da sotto l'albero.»

«Princess ha fatto cinque cuccioli» lo corressi, prendendo nota.

«Davvero? Devo aver sbagliato a contare.» Morrie sembrò contrariato. Non gli piaceva che si mettessero in discussione la sua abilità nelle indagini e la sua capacità di osservazione. «Comunque, credo che sia il nostro sospettato principale. Però è astuto. La nostra unica speranza di beccarlo è di coglierlo con le mani nel sacco.»

«Probabilmente hai ragione. Non vedo come possiamo farlo confessare» dissi.

«C'è sempre un modo.» Morrie si scrocchiò le nocche.

«E cosa ne pensi di Roland Crabapple?» Mi ero interrogata su quell'inquietante fotografo. «Nella nostra finestra temporale non si sa dove fosse.»

Morrie picchiettò sul telefono. «È interessante che anche tu stessi pensando a lui. Mi ha incuriosito una cosa detta da Tabitha, sul fatto che andasse al King's Copse a videochiamare il suo gatto. Così ho fatto qualche ricerca sul Dark Web. E ho scoperto che il nostro amico fotografo BDSM è un noto dendrofilo.»

«E cos'è un dendrofilo?»

Morrie girò il telefono per mostrarmi lo schermo. Vedevo solo immagini artistiche di alberi. Ma poi notai che nelle immagini c'erano anche delle persone, che abbracciavano i tronchi e si piegavano in pose strane. Erano tutti nudi e...

Ehi, ma...

Che schifo.

Beh?

Spinsi via il telefono. «Adesso non me lo tolgo dagli occhi. La gente è malata.»

«Non fare la santarellina. Non è che tutti i dendrofili si scopino le piante. È una specie di culto della madre terra, in cui gli alberi sono un simbolo fallico...»

«Okay, va bene, ho capito.» Sollevai le mani. «Mi hai dipinto un quadro molto chiaro. Quindi Roland ha un feticismo per gli alberi, il che potrebbe spiegare perché voleva scoparsi Tabitha al negozio o perché è andato al King's Copse.

Ma pensi che il nostro amico *scopa-alberi* potrebbe avere rubato i regali?»

Morrie fissò lo schermo del telefono, immerso nei suoi pensieri. «Roland sapeva che Tabitha aveva la chiave. Sarebbe stato facile per lui prendergliela dalla tasca e restituirgliela a colazione. Forse si è arrabbiato quando è tornato al negozio e ha scoperto che l'albero era scomparso, così ha deciso di rubare i regali come una sorta di vendetta. Però io ho un'altra spiegazione: ho trovato questo.» Morrie mi passò di nuovo il telefono.

Fissai lo schermo. Era la fotografia di un gatto persiano dall'aspetto scontroso, seduto su un trono che sembrava così stravagante che perfino i Romanov l'avrebbero rifiutato. Scorsi la pagina. L'articolo proveniva da una rivista di gossip, e spiegava con dovizia di particolari come Roland stesse sperperando la sua fortuna acquistando ogni lusso possibile per la sua gatta, Miss Purrfect. A quanto pareva, mangiava solo il caviale più pregiato, aveva una lettiera fatta d'oro massiccio e possedeva persino un attico a Soho. "Sarà anche un dominatore a letto, ma Roland Crabapple ha un padrone. E per lui l'approvazione di quel gatto è una droga" dichiarava una fonte. "E tutti sappiamo come sono i gatti: è impossibile conquistare il loro amore".

«Tutti quei regali che se ne stavano lì, destinati ad animali sudici, meritevoli solo di beneficenza, quando avrebbero potuto fare felice Miss Purrfect?» osservò Morrie. «Lui aveva sia l'opportunità che il movente.»

Disegnai un cerchio intorno al nome di Roland, poi a quello di Bertie. *Chi è stato? E come lo scopriamo?* Entrambi avevano avuto la possibilità di entrare nel negozio, entrambi avevano un movente, e nessuno dei due sembrava il tipo che avrebbe confessato il proprio crimine solo perché glielo si chiedeva con gentilezza...

«Ci sono!» gridai. «Ti ricordi quanto è impazzita Grimalkin per l'odore di quello spray all'erba gatta, il cui puzzo è rimasto anche dopo che avevamo ripulito tutto per bene? Tabitha ha detto che, dopo che lei e Roland avevano finito di... sì, hai capito... Ecco, dopo che avevano finito, lei ha rotto la bottiglia. E lui era già uscito dal negozio, quindi non dovrebbe averne addosso *a meno che non sia tornato a prendere i regali*. Scommetto che l'odore non è ancora andato via del tutto, quindi chiunque abbia rubato i regali puzza di quella roba. Ora mi metto Grimalkin in borsa e andremo a trovare entrambi i nostri sospetti. E la reazione di Grimalkin...»

«...ci dirà chi è il nostro Grinch di Natale!» Morrie scattò in piedi. «Un piano eccellente. Ora, dov'è ma nostra piccola acchiappaladri preferita?»

«Bella domanda.» Guardai Quoth, che era riuscito ad attorcigliarsi un filo argentato intorno a un'ala e stava freneticamente cercando di toglierlo. Grimalkin non si vedeva. «Dov'è Grimalkin?»

«Cra.»

«Beh, non hai visto dove è andata?»

«Cra.»

«Con te, non c'è speranza.» Mi alzai e sbirciai sotto il tavolo. Non c'era, né si aggirava meditabonda in cima allo scaffale di Poesia, né si stava dando da fare tra le scatole di roba di seconda mano in fondo all'ufficio di Heathcliff, il suo posto preferito per nascondere roditori decapitati. «Grimalkin, qui micia, micia...»

«Miao.»

Mi girai in tempo per scorgere un lampo nero che attraversava il corridoio, trascinandosi dietro una coda di fili sbrilluccicanti.

«Miao!» miagolò tutta felice, con le zampette che scivolavano sul pavimento di legno mentre si tirava dietro il filo di Quoth.

«No, Grimalkin, torna indietro con quello!» Le corsi dietro, con Morrie alle calcagna. Grimalkin pensò che si trattasse di un gioco e aumentò la velocità, abbassandosi e scartando di qua e di là tra gli scaffali per confonderci, per poi trascinare il suo trofeo attraverso una stretta fessura fino a dietro gli scaffali di Storia Naturale. Mi chinai per sbirciare e una folata di aria fredda mi colpì in pieno viso.

«Cos'è questa roba?» chiesi a Morrie.

Lui guardò nella fessura. «Strano. Dietro quello scaffale c'è la porta della cantina. Ma è chiusa a chiave. Congratulazioni, bellezza. Hai trovato la fonte della misteriosa corrente d'aria del negozio.»

«Ma come fa a esserci una corrente d'aria se non ci sono finestre o ingressi in cantina?» Spinsi l'estremità della libreria. «Aiutami. Se Grimalkin è andata là sotto, dobbiamo trovarla.»

Morrie appoggiò la spalla contro il legno e spinse. Per fortuna, lo scaffale aveva le ruote e si spostò facilmente, così riuscimmo ad accedere alla serratura della cantina. Aprii la porta e vedemmo i gradini di pietra consumati che conducevano giù, in un gran buco nero.

Tirai fuori il telefono dalla tasca e accesi la torcia. Dalla scala un'altra folata gelida mi colpì in pieno viso. Dopo pochi passi, il buio era talmente pesto che anche il raggio della torcia era inutile. Lì sotto ero completamente cieca.

«Grimalkin, dove sei?»

Tenevo una mano premuta contro la parete e con i piedi sentivo dov'era il gradino successivo. L'aria fredda saliva a ventate. Mi giungeva alle orecchie il miagolio di Grimalkin, ma era un suono ovattato, come se fosse intrappolata dentro un armadio o qualcosa del genere.

Urlai su per le scale. «Morrie, aiuto!»

Pochi istanti dopo, udii dei passi dietro di me. «Il Napoleone del crimine alla riscossa» mi disse Morrie all'orecchio, cingendomi il corpo con le braccia e baciandomi il collo.

«Per quanto tu mi tenti, fa troppo freddo per le tue birbonate.» Battevo i denti. Gli misi il telefono in mano. «Grimalkin è qui sotto da qualche parte, che si rosicchia i fili dell'albero. Riesci a trovarla? Io non vedo niente.»

Per Isis, *odiavo* chiedere aiuto. Odiavo quando non riuscivo a fare qualcosa. Ma in quel momento i miei sentimenti non erano importanti. Dovevamo trovare Grimalkin. Poteva essere pericoloso lì sotto, e non volevo che si infilasse in qualche spazio angusto e rimanesse intrappolata.

«Ma certo.» Morrie puntò la luce del telefono verso l'oscurità. «Ecco, micia, micia...»

Grimalkin rispose con un provocatorio «Miao!»

«Ah. Vedo il filo.» Morrie si fiondò verso il buio.

BANG. CRASH.

«Miaooo!»

«Che succede?» Socchiusi gli occhi, ma non riuscivo a distinguere nulla, se non il fascio di luce che oscillava selvaggiamente.

«Va tutto bene!» urlò Morrie con il fiatone. «Ho tutto sotto controllo...»

SBADABAM! CRASH!

«Che cosa è successo?» Mi slanciai in avanti, con le mani davanti al viso per captare eventuali ostacoli mentre mi facevo strada tra secoli di ragnatele per raggiungere Morrie.

«Ho preso la coda di Grimalkin, ma lei mi ha graffiato e io sono come... caduto al di là del muro. Evidentemente, era un punto particolarmente sottile... Aspetta un attimo...» Ci furono altri rumori e tonfi, e poi una mano calda mi prese un polso. Morrie mi tirò vicino a sé mentre una corrente d'aria gelida ci passava accanto. «Mina, dietro il muro c'è un tunnel.»

«Cosa?»

«Un tunnel. È da lì che arriva la corrente. C'era un piccolo buco nell'angolo, grande quanto basta perché ci passi un piccolo gatto e... beh, guarda qui.» Morrie puntò la luce verso l'imboccatura del tunnel.

«Morrie, *cosa c'è?*»

«Indovina.»

«Spero che tu non stia prendendo in giro chi non ci vede, perché non sono per niente dell'umore giusto. Dimmi cosa vedi.»

«Sono tutti gli oggetti che sono spariti dal negozio nelle ultime due settimane. La tua penna brillantinata. I tuoi fermagli per capelli. Un paio delle preziose palline di Natale di tua madre. Sembra che tu non sia l'unica ad amare le cose che luccicano.»

«Oh, Grimalkin.» Non potei fare a meno di sorridere. Adoravo quella gatta pazza.

«Ma è una follia.» Morrie illuminò quei tesori. Vedevo scintillare i lustrini man mano che riuscivo a individuare le decorazioni di mia madre e alcune delle mie forcine preferite. «Abbiamo un vero e proprio gatto ladro in mezzo a noi. A questo punto mi chiedo se Grimalkin non abbia preso anche i regali.»

«Miao?» Grimalkin batté sul braccio di Morrie, come a dire: «Giù le mani dal mio tesoro.»

«È impossibile.» Grattai Grimalkin tra le orecchie finché non si mise a fare le fusa.

Morrie illuminò di nuovo il buco con la torcia. «Forse, ma credo che potremmo fare un'altra ipotesi su come il nostro furfante sia entrato nel negozio. Nell'angolo del pannello c'è una tavola quasi marcita, dove si è infilata Grimalkin. Ora che l'ho rotta tutta, vedo che si tratta di una porta montata su una molla. Si può aprire dall'interno e dall'esterno. Probabilmente è qui da secoli e non ne abbiamo mai saputo nulla.»

«Che figata.» Infilai in tasca le mie cose rubate e gli strinsi una spalla. «Aiutami a entrare. Dobbiamo vedere dove ci porta.»

Buon vecchio Morrie. Non gli era nemmeno venuto in mente di chiedersi se fosse una buona idea esplorare un tunnel buio, e magari anche pericoloso, senza dire a nessuno cosa stavamo facendo (spoiler: non lo era). Mi prese una mano e se la infilò nell'incavo del braccio, e mi sostenne mentre avanzavo, un passo alla volta, con estrema cautela. «Io mi chino perché il soffitto è basso» disse. «Ma tu dovresti riuscire a stare in piedi.»

«Grazie, Morrie.» Scendemmo lungo il passaggio, il sottile fascio di luce di entrambi i nostri telefonini che illuminava le pareti di pietra, bagnate dall'umidità. Sopra le nostre teste, un getto di aria fredda entrava da una presa d'aria che doveva essere collegata alla strada sovrastante, a giudicare dal piccolo fascio di luce grigia che proiettava a terra.

«Attenta alla testa» disse Morrie, proprio mentre la mia fronte si schiantava contro una bassa volta.

«Grazie per l'avvertimento» mormorai, massaggiandomi la testa.

L'acqua gocciolava lungo i muri di mattoni e il ghiaccio formatosi tra le pietre scricchiolava sotto i miei stivali. *Che posto terribile.*

«Sembrano pietre antiche» commentò Morrie. «Questo tunnel potrebbe essere parte di un antico sistema di fognature del villaggio, o un passaggio segreto usato dai contrabbandieri, oppure potrebbe essere collegato in qualche modo alla stanza che viaggia nel tempo.»

Un altro degli inquietanti segreti della Libreria Nevermore.

Non ci volle molto per raggiungere l'altra estremità del tunnel. Il mio piede urtò qualcosa a terra. Lo raccolsi e lo studiai con le mani. Era un piatto di acciaio, di quelli in cui si dà da mangiare o bere ai cani.

«Qui ci sono delle scale» mi disse Morrie, conducendomi su per stretti gradini di pietra. Il muro su un lato passò da pietra a legno ed ebbi la sensazione che ci stessimo muovendo tra le pareti di una casa.

Ci fu un *clic* e Morrie aprì un'altra porta. Ci trovammo in una stanza luminosa. Sbattei le palpebre e in pochi istanti i miei occhi si adattarono abbastanza da individuare ciò che mi circondava.

Eravamo in una camera da letto, piccola e con il soffitto basso, ma confortevole. Le pareti erano dipinte di giallo pastello e ricoperte di poster di gatti, cuccioli e pop star. Da una valigia piena, in fondo al letto, uscivano dei vestiti che si spargevano tutto intorno, e una pila di libri sul comodino dimostrava che l'abitante della stanza aveva una passione per la narrativa vampiresca YA.

Ma non era quella la cosa più straordinaria. Su ogni superficie erano impilati pacchetti infiocchettati e scatole dai colori vivaci. Regali di ogni forma e dimensione, molti dei quali erano stati aperti. Il loro contenuto era sparito. Presi un cartellino che stava su uno dei pacchetti e lo capovolsi per leggere il messaggio, scritto con la grafia malferma di un bambino.

CARI ANIMALI DI ARGLETON, SPERO CHE PER NATALE POSSIATE TROVARE UNA CASA SICURA. CON AFFETTO ARTHUR.

I regali del nostro albero di Natale. Li avevamo trovati. Ma chi li aveva presi?

«Non dovreste essere qui» disse una voce.

«Bau!» aggiunse un'altra voce.

Il cuore mi balzò in gola. Il ladro era proprio dietro di noi!

Mi voltai di scatto proprio nell'istante in cui una figura entrò nella stanza.

15

L'ombra avanzò, con le braccia tese. Ed emise un urlo disumano che mi raggelò le ossa. Ma era umano? Eravamo di fronte a un incubo oscuro uscito da un libro di racconti di HP Lovecraft?

«Jonie?» Quando la figura apparve, rimasi senza parole. Tra le braccia teneva un piccolo cucciolo di golden retriever con enormi occhi scuri. Il cucciolo emise un guaito. «Bau?» chiese con una vocina flebile.

Jonie non ci prestò la minima attenzione. Appoggiò il cane in una cuccia nuova di zecca e gli accarezzò il manto sporco. «Ecco, Buster. So che ti hanno spaventato, ma va tutto bene. Tieni, ho dei dolcetti che sistemeranno ogni cosa.» Infilò la mano in uno dei pacchetti regalo e tirò fuori un sacchetto di croccantini per cani, che rovesciò sul tappeto. Il cucciolo, Buster, annusò quelle leccornie, poi girò la testa dall'altra parte. Agitò la coda un paio di volte. Sembrava malato.

«Jonie, hai rubato i regali da sotto l'albero di Natale!» Non potevo crederci. «Tu ami gli animali. Perché vuoi far loro del male in questo modo?»

Jonie si sedette sul letto, passandosi le mani sugli occhi. Mi ci volle un attimo per capire che stava piangendo.

«So che quello che ho fatto è sbagliato» gemette. «Volevo sostituire i regali, così nessuno degli animali sarebbe rimasto senza. La nonna mi dà sempre dei soldi per Natale. Avrei usato quelli per rimpiazzare tutti i giocattoli e il cibo. Ma Buster ne aveva bisogno *adesso*. Non ho soldi e non ho potuto chiederli alla mamma perché è a Parigi e poi non vuole parlarmi.»

Mi sedetti accanto a lei, iniziando a mettere insieme quello che poteva essere successo. «Dove hai trovato Buster?»

«Da Bertie, quel tipo strano con gli occhialetti.» Il cucciolo si stese ai piedi di Jonie. Quando lei lo tirò sul letto, lui le appoggiò la testa sulle ginocchia. Lei lo accarezzò e le si illuminò il viso. «L'ho conosciuto quando è venuto da mia nonna a chiederle i conti del mercatino di Natale. Mi disse che mi avrebbe dato Buster gratis se avessi potuto nutrirlo e mantenerlo in salute. Così mi sono intrufolata dal tunnel e ho portato via i regali, e poi, alla fine del mercatino, Bertie mi ha permesso di portarmi a casa Buster. Sono stata proprio una brava mammina per lui! Gli ho dato da mangiare, ho giocato con lui e gli ho fatto un sacco di coccole. L'unico momento in cui non posso stare con lui è quando la nonna è a casa: devo nasconderlo nel tunnel. Oggi ho anche provato a portarlo fuori a fare una passeggiata. Ma è troppo triste. Se ne sta seduto su quel letto e non mangia, e io non so cosa fare!»

Mi ricordai di avere visto Bertie e Jonie parlare alla festa. Le aveva dato in braccio uno dei cuccioli. Pensavo che gli volesse solo fare delle coccole, invece evidentemente l'aveva portato a casa. Mi sfregai le mani, cercando di riprendere la sensibilità alle dita intorpidite. *Se il cucciolo è rimasto dentro quel tunnel per molto tempo, non c'è da stupirsi che si senta male.*

Jonie si nascose il viso tra le mani e scoppiò a piangere.

«Sapevo che non avevo sbagliato a contare» esclamò Morrie

in trionfo. «Il ragioniere oggi aveva solo quattro cuccioli, perché il quinto era qui.»

Non è il momento gli sillabai con le labbra mentre mi sedevo accanto a Jonie e la stringevo a me.

«Non potevo dire di no!» Jonie prese in braccio Buster e se lo strinse al petto. «Guarda com'è carino! Inoltre, Bertie non poteva prendersi cura di lui. L'ha detto lui stesso. Avrebbe abbandonato Buster e i suoi fratelli e sorelle al rifugio per animali. Sapevo che a Natale ci sono tanti animali che cercano casa, e quindi non sarebbero riusciti a trovare una nuova famiglia in tempo. *Dovevo* aiutarlo.» Le lacrime le rigavano il viso. «Sono nei guai?»

«L'intenzione era buona, Jonie. Però hai rubato cose che erano destinate ad altri, e hai mentito. Hai fatto credere a tutti in paese che l'albero e i regali li aveva presi Heathcliff. Hai sbagliato. Perché non hai detto di Buster a tua nonna? Ti avrebbe aiutato a pagare il cibo e le provviste. Non sarebbe stato meglio che rubare?»

«Non gliel'ho detto perché non vuole che tenga un animale domestico.» Con un sospiro, Jonie si accasciò sul letto. «Nonna Mabel lo direbbe a mia madre e io finirei in un mare di guai. Mia mamma non mi permette di tenere un animale perché vuole che il suo nuovo ragazzo si trasferisca qui, e lui odia i cani. Ovvio. Lui odia tutto quello che mi piace, perché odia me, anche se cerco di fare la brava e di fare quello che vogliono loro e di non disturbarli mentre sono ai loro appuntamenti. Ma fuori faceva così freddo e Bertie non aveva nemmeno messo il cappottino a Buster, che è un cucciolo minuscolo. Credo che fosse già malato. Non potevo abbandonarlo.»

Il volto rigato dalle lacrime di Jonie mi spezzava il cuore. Si sentiva trascurata da sua madre. Anch'io mi sarei sentita trascurata se mi avesse mandata a stare da mia nonna durante le vacanze per poter andare a Parigi con il suo fidanzato che odia i cani.

Pensai alla mia strana madre e a tutte le sue follie. Anche se mi faceva impazzire con le sue idee fuori di testa e i suoi folli business piramidali, mi voleva davvero bene. Non mi avrebbe mai spedita via per stare con un uomo. «Se trovo un uomo che mi piaccia abbastanza da portarlo in casa, deve essere in grado di gestire entrambe le donne Wilde» mi diceva ogni volta che le chiedevo perché non avesse un fidanzato. «Finora nessuno ci si è avvicinato.»

Buster mugolò di nuovo e il suo corpicino tremò.

«Posso dargli un'occhiata?» Mi avvicinai al cucciolo. Con riluttanza, Jonie me lo passò. Gli occhi di Buster erano tristi e quando lo toccai mugolò. Appiattì le orecchie contro la testa. Sapevo che spesso si capisce che un animale è malato quando ormai è troppo tardi.

I miei sospetti furono confermati quando lo presi in braccio. Era un sacco di pelle e ossa e, nonostante indossasse un cappottino di lana, tremava tutto. Aveva le pupille dilatate e la pelle fredda. Quando abbassò la testa e mi toccò il braccio con il naso, era ghiacciato.

«Jonie, credo che sia molto malato. Dobbiamo portarlo subito dal veterinario.»

Negli occhi di Jonie spuntarono nuove lacrime. «È tutta colpa mia. Ho cercato di prendermi cura di lui. Ogni volta che amo qualcuno, mi lascia. Papà se n'è andato. Mamma è andata a Parigi. E non riesco neanche a tenere in vita un cane.»

Continuando a tenere Buster in braccio, le strinsi una gamba. «Non è colpa tua. Sono sicura che ti sei presa cura di lui. Vedrai che andrà tutto bene.»

Ti prego, ti prego, fa' che vada tutto bene.

16

Morrie chiamò un'auto e ci precipitammo con Buster alla clinica veterinaria. Nella sala d'attesa, Jonie scoppiò a piangere appoggiata alla spalla di Morrie, mentre io parlavo con il dottore. Come sospettavo, Buster era in ipotermia, probabilmente per essere stato tenuto in quel gelido tunnel segreto.

Il veterinario avvolse Buster in coperte calde e lo mise su un cuscinetto riscaldato. Gli fece una flebo per aiutarlo a riprendersi. «Siete fortunati ad averlo preso in tempo» mi spiegò. «L'ipotermia può essere pericolosa per i cani, proprio come per le persone. Gli farò alcuni esami del sangue per assicurarmi che non abbia riportato danni seri, ma credo che starà bene.»

Mentre aspettavamo gli esiti degli esami con Jonie, chiamai la sergente Wilson e le dissi dove poteva trovare i regali. «La signora Ellis deve essere o al circolo del lavoro a maglia, o al gruppo BDSM per anziani... spero il primo dei due. Può chiedere a lei di aiutarla a recuperarli dalla stanza di Jonie. Se li riporta alla libreria, farò in modo che vengano incartati di nuovo e che venga trovato un albero sostitutivo.»

«Certo.» La sergente Wilson fece una pausa. «Mina, dovrei scusarmi con Heathcliff e con lei. Credevo che...»

«Lo so» le dissi. «Anch'io.»

Riattaccai il telefono. La sergente Wilson non era l'unica a doversi scusare. Mi si annodò lo stomaco: non mi piaceva che Heathcliff pensasse che io dubitassi di lui. Non sarebbe servito a nulla chiamarlo, visto che quel dolcissimo bisbetico non possedeva nemmeno un cellulare. Avevo già provato al negozio. Aveva risposto Quoth, e mi aveva detto che Heathcliff non era lì.

Dove può essere?

Ah, certo. È andato al King's Copse.

Anche se Heathcliff passava la maggior parte del suo tempo rinchiuso nella libreria, nel suo intimo era ancora un uomo selvaggio. Aveva la brughiera che gli scorreva nelle vene. Vicino ad Argleton non si estendevano brughiere, ma c'era un ruscello nascosto nel boschetto King's Copse dove eravamo usciti insieme la prima volta. Quando Heathcliff era arrabbiato, andava lì.

Afferrai di corsa il cappotto dalla sedia e mi precipitai verso la porta, già pronta a chiamare un'auto con l'app. Potevo arrivare al bosco e tornare prima che il veterinario avesse finito con Buster e...

Il mio corpo andò a schiantarsi contro qualcosa di duro.

Un muro?

I muri non erano caldi. Né indossavano cappotti con bordi consumati di pelliccia nera.

Heathcliff.

Rimasi senza fiato.

«Ho saputo del cucciolo» disse lui, burbero. «Sta bene?»

Tanto mi bastò. Gli caddi tra le braccia, lasciandomi prendere in uno di quegli abbracci che mi toglievano tutta l'aria dai polmoni. «Mi dispiace tanto. Non avrei mai dovuto dubitare di te. Ti avevo creduto, ma poi ti ho visto nascondere quei regali e... ho lasciato che il detective che è in me prendesse il sopravvento, invece di ascoltare la voce dell'innamorata.»

«Va tutto bene» sussurrò lui, mentre le sue enormi mani mi percorrevano la schiena.

«No, che non va bene» dissi quasi piangendo. «Sei il mio ragazzo e ti amo. La tua parola avrebbe dovuto bastarmi, per fidarmi di te.»

«Perché? Ti avevo dato ogni ragione per diffidare.» Heathcliff mi accarezzò i capelli. «A parti invertite, forse mi sarei fatto anche io le stesse domande.»

Mi tirai indietro. «Heathcliff, perché odi così tanto il Natale?»

Lui si irrigidì. «È a causa di... prima.»

«Della tua vita letteraria?»

Annuì. «Cathy è rimasta a Thrushcross Grange fino a Natale. Quando ci eravamo lasciati, era la mia donna selvaggia, ma quando è tornata era tutte arie e bei modi, abiti eleganti e un atteggiamento altezzoso. Mentre è stata via, nessuno mi ha protetto dall'abbandono e dalle torture della famiglia. In quel periodo così doloroso nessuno, a parte Nelly, mi fece la cortesia di rivolgermi la parola. Vivevo perlopiù all'aperto, mangiando quello che riuscivo a trovare e dormendo con i cavalli. Così, quando lei tornò, ero insudiciato di fango e polvere: un terribile mascalzone oscuro accanto alla sua bellezza luminosa e aggraziata. Hindley si godette il mio disagio. Quando i Linton fecero visita a Cathy, Nelly mi aiutò a rendermi presentabile e giurai che mi sarei comportato bene, ma il disprezzo di Hindley e la mia stessa natura mi tradirono. Hindley e quella capra di Linton mi presero in giro, così venni mandato via solo perché mi ero difeso dai loro insulti.»

Annuii. Ricordavo bene quel capitolo di *Cime tempestose*. Catherine a tavola, che tagliava l'ala dell'oca e discuteva animatamente con i Linton, senza pensare affatto a Heathcliff, confinato in soffitta. Più tardi, lei era andata di nascosto a vederlo e, quando lo aveva riportato in cucina, lui aveva detto a Nelly che l'unico momento in cui non provava dolore era quando pensava alla soddisfazione che avrebbe provato nel punire coloro che gli avevano fatto torto.

«Per me il Natale divenne un cattivo presagio: aveva cambiato Cathy per sempre. Mi era stata portata via dalle fate ed era tornata come una di loro. Ormai era lontana e fuori dalla mia portata, e lei lo sapeva bene. Era una cosa che mi tormentava, perché solo lei poteva amarmi e ferirmi così tanto. Tutte queste canzoni sulla magia del Natale... vanno bene. Però si tratta di una magia oscura e ripugnante. Il Natale cambia le persone, fa dimenticare loro chi sono. Io ho giurato che non mi avrebbe mai cambiato, che non avrei mai ceduto al suo incantesimo.»

«Però sei cambiato.» Mi asciugai una lacrima dall'angolo dell'occhio. «Forse non è la magia del Natale, ma qualcosa dentro di te è stato spezzato e si è trasformato in qualcosa di nuovo. Non sei più lo stesso ragazzo freddo e cinico.»

«Questa non è la magia di Natale.» Heathcliff premette le labbra sulle mie. «Sei tu, Mina. Cathy mi faceva venire voglia di bruciare il mondo. Tu mi fai venire voglia di essere una persona migliore.»

Il mio petto si gonfiò a quelle parole, solo per poi essere schiacciato dalla furia delle sue labbra. Il bacio di Heathcliff mi consumò totalmente, perché le sue labbra e la sua lingua esprimevano un desiderio profondo, spaventoso e bellissimo: mi si donava completamente, con la promessa che se tutto il resto fosse morto e lui fosse rimasto, io avrei continuato a esistere. Essere amata da Heathcliff, essere baciata da lui, significava che le nostre anime erano diventate una sola.

Ora tutto aveva un senso: l'umore cupo di Heathcliff, la sua resistenza ad avere qualsiasi cosa di natalizio nel negozio, il suo rifiuto di fare regali. Ma poi... «E quei regali che hai nascosto?»

«Credo sia arrivato il momento di scoprirlo.» Heathcliff si chinò e tirò fuori da dietro la sedia uno zaino scolorito. Lo aprì e ne estrasse un pacchetto. «Ti ho preso questo.»

Lo tenni tra le mani, stupita. Era il regalo che avevo visto che cercava di nascondere nel mobile della TV. L'etichetta riportava il mio nome. Heathcliff, che aveva giurato guerra al Natale, mi aveva fatto un regalo.

«Questa è la scatola che cercavi di nascondermi» dissi.

Annuì. «Volevo farti una sorpresa il giorno di Natale. Stavo cercando di trovare un modo per dirti che stavo liberandomi del vecchio Heathcliff, quello che odiava il Natale a causa della sua ex ragazza. Volevo che vedessi che stavo cercando di vedere il Natale come lo vedi tu. Questo era nella mia stanza quando la sergente Wilson ha voluto perquisirla. E tu eri proprio lì. Non volevo rovinarti la sorpresa. Così stavo per spostarlo nel mobile della TV per lasciarti guardare in camera mia, ma mi hai visto.»

E io avevo stroncato tutti i suoi sforzi. Mi sentivo in colpa. «Mi dispiace tanto, tanto.»

«Basta così.» Heathcliff diede un colpetto alla scatola. «Aprilo.»

Strappai la costosa carta da regalo. All'interno c'era una semplice scatola di cartone, ammaccata su un lato, probabilmente perché Heathcliff aveva cercato di chiuderci sopra l'anta dell'armadio. Infilai il dito sotto il nastro adesivo e sollevai il coperchio.

All'interno c'era un'incredibile coperta di pelliccia sintetica rosa e nera a stampa leopardata. Quando la tirai fuori alla luce, fasci di colore balzarono fuori da paillettes luminose e da un bordo di nastro lucido. Era la coperta più punk rock che avessi mai visto.

«Wow.» Me la appoggiai alla guancia, godendomi la sua morbidezza.

«L'ho vinta al quiz natalizio al pub. Ti lamentavi del freddo in negozio, così ho pensato che ti sarebbe servito qualcosa per tenerti al caldo» borbottò Heathcliff. «Ho scoperto che mi sarebbe bastato tappare il buco che Grimalkin aveva fatto nella porta della cantina, e sarebbe stato tutto più semplice.»

«Heathcliff, è perfetta.» Gli gettai di nuovo le braccia al collo. «La adoro. E adoro *te*. Buon Natale.»

Per tutta risposta lui emise un borbottio. Immagino che alcune cose non cambino mai.

Mi venne un'idea. Mi rivolsi agli altri. «Non possiamo fare altro per Buster stasera. Che ne dite se andiamo al Rose & Wimple e facciamo un salto alla famosa cena di Natale di Richard?»

«Mi piace, ma sarà una buona idea uscire in pubblico?» chiese Quoth. «E se la gente non sapesse che abbiamo recuperato tutti i regali?»

«Allora dovremo raccontare loro la vera storia. E poi» spiegai con un sorriso «ho un'idea brillante su come Heathcliff potrebbe riconquistare l'affetto della città.»

Heathcliff si irrigidì; socchiuse gli occhi scuri e mi lanciò un'occhiata sospettosa. «Perché ho la sensazione che non mi piacerà?»

17

uster dovette rimanere in osservazione alla clinica veterinaria fino al giorno dopo, ma alla fine gli diedero un certificato di buona salute. La mattina di Natale mi svegliai alle prime luci dell'alba per andare con Jonie a prenderlo. Quoth decise di venire con noi.

Nell'attraversare il negozio, non potei fare a meno di provare una punta di tristezza. Quando non ero stata impegnata ad aiutare i clienti a trovare un regalo dell'ultimo minuto, avevo passato ogni momento libero della vigilia insieme a Jonie, alla clinica. Non avevo avuto nemmeno il tempo per fare la spesa, figuriamoci di cercare un albero nuovo. Tutti i regali per il rifugio erano accatastati in un mucchio imponente in un angolo. Intossicata di erba gatta, Grimalkin aveva distrutto la maggior parte delle decorazioni. Il posto non aveva un aspetto particolarmente festoso. I miei sogni di un Natale perfetto alla Nevermore rimanevano sogni.

Almeno fuori nevica, mi ricordò Quoth. *Tu ami la neve. Magari dopo possiamo finalmente fare quella battaglia a palle di neve.*

Aveva ragione, naturalmente. I fiocchi di neve mi solleticavano il naso mentre attraversavo la strada per raggiungere l'appartamento della signora Ellis. Tutta Argleton sembrava una cartolina di Natale. Dalla panetteria arrivavano canti natalizi, diffusi tramite un altoparlante di latta, e da tutte le direzioni arrivavano nell'aria profumi deliziosi.

«Buon Natale, Quoth!» gridò Jonie, uscendo dall'appartamento con una manciata di bacche per lui. «Buon Natale, Mina!»

La signora Ellis chiamò un'auto e arrivammo dal veterinario, che aveva aperto solo per noi. Quando uscì dalla clinica tenendo in braccio il cucciolo dagli occhi vivaci, applaudimmo tutti. Il sorriso di Jonie era così radioso che avrebbe potuto illuminare un buco nero.

«Non ci crederai!» Jonie gridò. «Ma mamma mi ha chiamata stamattina da Parigi. Ha detto che potevo tenere Buster a patto che lo portassi a spasso io, gli dessi da mangiare e lo addestrassi. È il miglior regalo di Natale di sempre!»

La signora Ellis mi strizzò l'occhio, da dietro la spalla della nipote. Sospettai che avesse qualcosa a che fare con l'inversione di rotta della figlia.

Abbracciai Jonie. «È una notizia meravigliosa. So che sarai un'amica straordinaria per Buster.»

«Cra» concordò Quoth.

L'auto ci lasciò all'inizio di Butcher Street e con poche parole ci congedammo da Jonie e dalla signora Ellis davanti alla loro porta. Avrebbero preso un guinzaglio e dei dolcetti per Buster, poi ci avrebbero raggiunto al negozio. Anche se non avevamo un albero e non avevo acquistato niente per il pranzo di Natale, avremmo festeggiato tutti insieme.

Appena entrai, venni subito colpita da un aroma incredibile.

Mmm... vin brûlé... e mince pies natalizi appena sfornati, involtini di wurstel con la pasta sfoglia, e... ma è il rumore di un tappo di champagne?

«Occhio, roba calda!» Morrie scese le scale di corsa con un

grembiule da Babbo Natale e un piatto di leccornie natalizie in mano. Fece l'occhiolino a Quoth e si precipitò nella sala principale.

«Ma che succede?» chiesi a Quoth.

Lui scrollò le ali. «Cra?»

Mi sentii un nodo in gola mentre seguivo Morrie. Arrivata nella sala principale, rimasi senza fiato. Nel breve tempo in cui eravamo stati via, il negozio era stato trasformato. Davanti alla finestra c'era un albero di dimensioni rispettabili, addobbato con fili argentati e qualche pallina di cristallo. Sotto di esso, c'erano regali impilati fino al davanzale: tutti i doni della città disposti in bell'ordine. Morrie era in piedi dietro la scrivania nuova di zecca di Heathcliff, che versava champagne nelle flûte e armeggiava con una serie di vassoi colmi di delizie: ciotole di caramelle e renne di cioccolato, cracker e formaggio. Davanti all'albero c'era una piccola pila di regali che non mi sembravano quelli offerti in beneficenza. Quando mi chinai per esaminare le etichette scritte a mano, il mio cuore ebbe un sussulto.

ALL'UCCELLO FASTIDIOSO

AL PEGGIOR IMPRENDITORE DEL MONDO

ALLA BEFANA FICCANASO

AL MIO ODIOSO COINQUILINO

In fondo a ciascun cartellino c'era uno scarabocchio familiare e meraviglioso: DA PARTE DI HEATHCLIFF.

Lui ha fatto tutto questo. Ha creato il Natale per me.

Mi inginocchiai, gli occhi pieni di lacrime di gioia, mentre cercavo Heathcliff in giro per la stanza. Una figura scura era accovacciata accanto al fuoco. Non potevo credere di non averlo visto quando ero entrata, ma avevo avuto troppe cose da guardare. Soffiò sui ceppi e si allontanò. Un fuoco caldo prese vita.

«Heathcliff.» Mi buttai tra le sue braccia.

«Tranquilla» mormorò. Ma mi tirò più vicino e le sue labbra

trovarono le mie per un bacio rovente e possessivo. Un bacio che prometteva che quello era solo l'inizio dei miei regali di Natale.

Mi tirai indietro per riprendere fiato e asciugarmi gli occhi. «È incredibile. Come hai fatto a fare tutto questo?»

«Non è niente di che. Ieri, mentre tu correvi su e giù per aiutare il cane, io sono andato al vivaio e ho scelto un albero di dimensioni ragionevoli, l'ho portato a casa e l'ho nascosto in ufficio. Adesso non riusciremo mai più a liberarci degli aghi, ma ho deciso di chiudere la porta e di non pensarci più fino al prossimo maledettissimo Natale. Ho dato a Morrie un po' di soldi per occuparsi del cibo. Non abbiamo avuto il tempo di comprare le decorazioni, ma ho recuperato quelle del gatto.» Heathcliff fece un cenno verso i fili sull'albero. Un raro sorriso genuino gli illuminò il volto arcigno. «Ti piace?»

La mia voce si incrinò. «Lo adoro. Io...»

«Yu-huu! Buon Natale!» Era mia madre, carica di una pila di regali e con una scatola di decorazioni della sua Betlemme Brillantosa. «Oh, ma guarda un po' che albero triste che avete! Per fortuna ho io un sacco di cose per ravvivarlo.» Cominciò a tirare fuori ogni genere di orpelli scintillanti.

«Champagne, Helen?» Morrie si fece avanti, con due flûte.

«Spero non ti dispiaccia se accetto. Mina, vieni ad aiutarmi con queste decorazioni.»

Con riluttanza, lasciai andare Heathcliff e presi l'altra flûte dalla mano di Morrie. Mia madre aveva trovato tra le sue cose un piccolo berretto da Babbo Natale e lo aveva sistemato in testa a Quoth. «Mamma, cosa ne farai di tutte quelle scatole di decorazioni, ora che il Natale è finito?»

Mi guardò raggiante. Tirò fuori dalla tasca un opuscolo e me lo mostrò piena di orgoglio. «Ho pensato che ti sarebbe piaciuto che fossero usate per questa iniziativa! È il Premio Mondiale di Abiti Artistici, in Nuova Zelanda. L'ho visto in televisione. I partecipanti fanno dei costumi incredibili e poi li indossano a una sfilata, e ci sono decine di migliaia di dollari in premio. C'è una categoria dedicata agli abiti scintillanti e sbrilluccicosi, quindi ho pensato che sarebbe stato perfetto per te...»

«Bello, ma perché dovrei partecipare a una cosa del genere? Ti ho detto che ho lasciato il mondo della moda. Amo il lavoro che ho ora.»

«Oh, Mina, non potrai lavorare per sempre in questa libreria soffocante.» Mia madre si sporse in avanti, gli occhi accesi di entusiasmo. «A meno che... non penserai che Morrie voglia farti una proposta di matrimonio per Natale?»

Il sorso di champagne che avevo in bocca mi andò di traverso e le bollicine mi salirono al naso. Dietro di me, Heathcliff soffocò una risatina. Per fortuna, Morrie era in corridoio a salutare la signora Ellis e Jonie, e non aveva sentito.

Non avevo ancora detto a mia madre che uscivo con tutti e tre. Non gliel'avevo nascosto, ma nel suo tipico modo di fare, lei aveva visto solo ciò che voleva, cioè che ero follemente innamorata di Morrie, un uomo ricco e di successo che mi avrebbe travolta in una storia d'amore da capogiro, mi avrebbe sposata e poi avrebbe mantenuto la suocera tra moda e sfarzi, in un mondo a cui aveva tutte le intenzioni di abituarsi.

Le strappai di mano l'opuscolo. «Cosa? Mamma, *no*. Non pensarci nemmeno. Non sono pronta a sposarmi.»

Soprattutto perché avevo *tre* fidanzati, e non potevo sposarli tutti e tre.

«Sciocchezze! Sei giovane e innamorata, e Morrie è perfetto per te.» Frugò nella sua scatola, tirò fuori una cosa verde e la agitò in trionfo. «A-ah! Sapevo che c'era del vischio qui dentro. Vado ad appenderlo sopra la porta. Così Morrie non avrà altra scelta che fare la sua mossa.»

«Mamma, ti prego...» Ma era troppo tardi. Se ne andò di corsa, tirandosi dietro il vischio.

Dopo aver distribuito da bere e da mangiare, ci riunimmo tutti intorno al fuoco e ci scambiammo i regali. Quoth mi regalò il quadro più bello del mondo: un ritratto di me, seduta sulla poltrona di velluto, intenta a leggere una pila dei miei libri preferiti, con una fila di teschi bianchi che mi sorridevano dalla mensola in alto. Chiesi subito a Heathcliff di piantare un chiodo nel muro dell'ufficio per appenderlo. Quoth si rallegrò nel vedere quanto mi piaceva, e il suo sorriso era più luminoso di tutte le lucine di Natale del negozio.

Morrie mi passò il mio cellulare. «Ti ho installato una nuova applicazione.» Indicò l'icona. Si trattava di uno store di audiolibri e aveva già caricato sul mio account una cifra sufficiente ad acquistare libri per un anno. Avrei potuto ascoltare i miei autori preferiti mentre risistemavo gli scaffali. Scaricai immediatamente *Shunned*, di Steffanie Holmes, e iniziai ad ascoltare.

Ero super agitata mentre distribuivo i miei regali. Erano tutti della stessa dimensione e forma. Un regalo per ognuno. La sera prima, dopo che li ebbi incartarli per metterli sotto l'albero, mi ero rallegrata perché avevo individuato il regalo perfetto per le persone che amavo di più. Ora, invece, non mi sentivo più così sicura. Quando Heathcliff prese il suo pacchetto, per poco non gliela strappai di mano per riprendermelo.

«Cos'è questo?» Heathcliff ruppe l'involucro e ci trovò una risma di fogli. «Hai intenzione di usarli per randellarmi finché non accetterò di usare il cloud?»

«*Come Heathcliff rubò il Natale.*» Morrie lesse il titolo della sua copia ad alta voce. «Mina, ma che cos'è?»

Mi sentii avvampare. «È una storia. Ho narrato il mistero dell'albero rubato e di come l'abbiamo risolto. Ho pensato che...»

Non riuscii a finire la frase. Non sapevo nemmeno io a cosa avevo pensato. Avevo scritto la storia in preda all'eccitazione degli ultimi giorni, a tarda notte alla scrivania di Heathcliff, e al telefono mentre aspettavo alla clinica veterinaria. Ora, alla calda luce del caminetto, con un sacco di occhi che mi fissavano, mi sentivo una perfetta idiota. *Che regalo di Natale stupido. Perché dovrebbero voler leggere i miei sproloqui? Avrei dovuto optare per una scatola di cioccolatini olandesi...*

Morrie spalancò gli occhi mentre sfogliava le pagine. «È incredibile. Ed esilarante. Hai dedicato almeno tre paragrafi a descrivere quanto sono bello. Approvo.»

«Mina, non sapevo che sapessi scrivere.» Mia madre sfogliò la sua copia "epurata": c'era una certa scena che compariva solo nei manoscritti dei ragazzi.

«È sempre stata la mia allieva preferita» dichiarò la signora Ellis, sfogliando con impazienza le pagine. «Spero che ci siano molte parti sconce.»

«Guarda la dedica» sussurrò Heathcliff, con le nocche bianche per quanto stringeva i fogli che aveva in mano.

Accanto a me, Quoth passava rapido gli occhi sul foglio. «Agli uomini della Nevermore» lesse ad alta voce, con la voce che gli tremava. «Amarvi mi ha reso migliore... più saggia, più serena e più luminosa.»

«È di Henry James» mormorai. Avevo scritto e riscritto quella maledetta dedica centinaia di volte con parole mie, ma niente sembrava mai bastare. Pensai che le parole di uno dei miei scrittori preferiti avrebbero potuto trasmettere con precisione i miei sentimenti nei confronti dei ragazzi.

Quoth mi gettò le braccia al collo. «Questa è la cosa più bella che qualcuno abbia mai fatto per me.»

Morrie si chinò e mi prese in un bacio infuocato. «È davvero fantastico, bellezza. Hai un vero talento per le parole. Forse nel tuo futuro c'è ancora una carriera creativa.»

Gli occhi scuri di Heathcliff fissarono i miei. Deglutì con fatica e aprì la bocca per parlare, ma non disse nulla. Invece, mi strappò dalla presa di Morrie e divorò le mie labbra con le sue. In quel bacio mi disse tutte le cose che le parole non potevano trasmettere.

Il cuore mi batteva a mille per le loro lodi e la loro approvazione. Volevo tanto che apprezzassero il mio regalo, che capissero che trasportandomi nel loro mondo mi avevano fatto il dono più grande di tutti. Volevo che vedessero quanto erano meravigliosi ai miei occhi.

Dopo che tutti ebbero finito di leggere ed esprimere meraviglie per la mia storia, Heathcliff distribuì a Morrie e Quoth delle scatoline incartate. Poi estrasse dalla tasca una piccola busta e me la porse.

La fissai. «Ma tu mi hai già fatto un regalo.»

«Forse sto rimediando alle mie colpe precedenti.» Toccò la busta che avevo tra le dita. «Aprila.»

Infilai l'unghia sotto il sigillo. All'interno c'era una cartolina di Natale, con pecorelle che indossavano dei berretti da Babbo Natale e che ballavano. C'era scritto: "Auguri di Beeeelle Feste". Sembrava più che altro una battuta alla Morrie, ma dovetti fare finta di credere che il merito dell'originalità fosse di Heathcliff. All'interno c'era un foglio piegato e ricoperto con una scrittura minuscola. Lo sollevai verso la luce e strizzai gli occhi per riuscire a leggere.

Era l'atto di proprietà del negozio.

«Guarda.» Heathcliff puntò un dito sul primo paragrafo. «Mi ha aiutato Bertie a redigerlo. Ho dovuto dargli un bonus enorme perché lo finisse in tempo, quindi ora è il contabile più felice che tu abbia mai visto. Ecco il tuo nome, scritto per benino. Ora siamo comproprietari della Libreria Nevermore.»

Il mio nome. Tutto ciò che dovevo fare era firmare sulla riga in basso e la Nevermore mi sarebbe appartenuta. Heathcliff mi aveva fatto il regalo più bello di tutti: un futuro. Una casa.

Morrie si chinò da dietro la mia spalla e fece un fischio.

«Non è affatto giusto. Nemmeno la mia app può competere. L'anno prossimo ti regalerò l'atto di proprietà di un vero castello. Magari quella bella proprietà di Briarwood, vicino a Crookshollow. Vediamo se il conte di Burberton Abbey può fare di meglio.»

Sorridendo, indicai il pacco che Morrie aveva in mano. Era una delle scatole che Heathcliff aveva cercato di nascondere. «Tu che hai ricevuto?»

Morrie sollevò un portachiavi d'argento a forma di libro, con sopra un'incisione. «Dice: "Il criminale più fastidioso del mondo". Ne ha uno anche Quoth. Sul suo c'è una frase de *Il corvo*. Ed entrambi portano una chiave nuova di zecca per l'appartamento. Il nostro Vecchio Conte Musone è piuttosto bravo in queste cosette natalizie.»

Era vero.

«Ragazzi, vi voglio bene come se foste i miei figli. E tu Mina, sei come una figlia che però per Natale non scappa a Parigi.» La signora Ellis era alla sua quarta flûte di champagne. Scorsi le sue gote arrossate mentre si chinava in avanti per accarezzare la testa di Buster. «Mi dispiace molto che Jonie ti abbia causato tutti quei problemi. Ma grazie a te, è stato risolto un altro mistero.»

«A parte alcune questioni in sospeso da risolvere» sottolineai mentre Quoth saltava giù dalla mia spalla e volava al piano di sopra. «Non sappiamo ancora dove sia stato Roland durante la notte. E nemmeno perché ci fosse quella pallina nel corridoio del piano di sopra.»

«Evidentemente, quando ho rovesciato l'albero avevo tutte quelle decorazioni e quelle schifezze appiccicate ai vestiti» disse Heathcliff. «Stavo cercando di impacchettare il tuo regalo con quelle carte impestate che tua madre aveva lasciato in giro, ma era tutto così complicato, ed ero troppo ubriaco. Ho preso tutto e me lo sono trascinato al piano di sopra e l'ho scaricato in camera mia per sistemarlo la mattina seguente. Quella pallina deve avermi seguito.»

«Per quanto riguarda Roland, posso rispondere io.» Morrie sollevò il telefono. «Sembra che il nostro fotografo preferito, nonché feticista degli alberi, abbia fatto una piccola gita notturna nel boschetto del King's Copse. Ha appena caricato una serie di foto con data e ora su un sito web di dendrofilia. Ecco, guardate...»

«Va bene così.» Allontanai il telefono. «Credo di averne avuto abbastanza, di Roland che balla nudo alla luce dele stelle sotto gli alberi. E Bertie? Hai scoperto perché è tornato al negozio?»

«In realtà aveva ritirato solo i moduli fiscali del trimestre precedente. Stamattina ci ha restituito il registro dei conti.» Heathcliff batté una mano sul grosso libro rilegato in pelle che stava sulla sua scrivania nuova di zecca. «A quanto pare, ci spetta un notevole rimborso fiscale. Ho pensato di usarne una parte per acquistare una fornitura permanente di decorazioni natalizie per il negozio.»

Sorrisi. «Oppure potresti destinarlo a un sistema di contabilità su cloud...»

«O anche trovare un nuovo commercialista che non mi assilli con la contabilità cloud» ribatté lui.

«Bau!» Buster appiattì le orecchie alla testa. Le sue minuscole zampine si agitarono scatenate, mentre si lanciava tra gli scaffali, dietro a Grimalkin.

«Sono felice di vedere che Buster sta bene!» esclamai con entusiasmo.

Invece di rispondermi, Jonie si gettò su Heathcliff, cingendogli il busto con le braccia.

«Ma cosa fa?» chiese lui, fissando incredulo la bambina.

«Credo che tu gli piaccia» commentò Morrie.

«Allora è una maledetta pazza.»

«Mi dispiace, signor Heathcliff. Avrei dovuto dire la verità.» Jonie affondò il viso nel suo cappotto.

«D'accordo.» Heathcliff si fissò le mani.

«Non volevo che tutti la odiassero, soprattutto i suoi amici. So come ci si sente a essere rifiutati dalle persone che si amano. Spero che mi possa perdonare.»

Heathcliff le diede qualche colpetto sulla testa come se fosse un cane. Probabilmente era il massimo che riusciva a fare per dimostrare il suo affetto a Jonie. Erano davvero molto simili.

Quoth entrò nella stanza in forma umana e con passi incerti si avvicinò a Heathcliff. Fissò l'amico con occhi spalancati, poi gli gettò le braccia al collo. «Dispiace anche a me.»

«Va tutto bene, uccellino.» Heathcliff cercò di staccarsi le dita di Quoth dal collo, ma lui era abituato a stringere gli artigli.

«Ehi, non voglio perdermi il divertimento.» Anche Morrie si lanciò nell'abbraccio di gruppo. Grimalkin saltò giù dal ripiano di Poesia e affondò le unghie nella spalla di Heathcliff. Mia madre aiutò la signora Ellis a rimettersi in piedi e anche loro si tuffarono nel mucchio. Jonie prese Buster da terra e si unirono anche loro. Eravamo una calca di affetto e di amore, più il volto impassibile di Heathcliff.

Con un sorriso da un orecchio all'altro, mi feci avanti e li strinsi tutti. I miei tre meravigliosi, selvaggi, folli, incantevoli fidanzati che rendevano ogni giorno così speciale, soprattutto il Natale. Mia madre, che mi faceva impazzire ma che era anche straordinaria. E la signora Ellis e Jonie, che erano entrate nei nostri cuori. Non avrei potuto essere più felice di così, a condividere quel Natale con loro.

«Chi mi ha pizzicato il culo?» gridò Heathcliff.

Morrie sorrise. «Colpa mia.»

Scoppiai a ridere. Stare così, tutti insieme in quel modo, era ciò che rendeva il Natale il periodo più bello dell'anno. La magia del Natale non era nel cibo, nei canti o nelle decorazioni, ma nelle persone.

Anche se... il cibo, l'alcol e un fuoco scoppiettante, avevano sicuramente aiutato.

Morrie alzò lo sguardo, la fronte aggrottata. «Mina, perché tua madre mi tiene un mazzo di foglie sulla testa?»

«È vischio. Pensa di indurti a chiedere la mia mano.» Lanciai un'occhiataccia a mia madre, che mi ricambiò con un gran sorriso.

«Potrei chiederti di sposarmi, se vuoi.» La lingua di Morrie mi danzò sul lobo dell'orecchio. «Propongo di rinchiudere Heathcliff in quell'armadio laggiù in fondo, così noi due possiamo riempirti... ehm... la calza, mentre tu ci cavalchi come fossimo renne...»

«Morrie!» Gli diedi uno schiaffo sul braccio. «Non abbiamo tempo per questo. È quasi mezzogiorno. Dobbiamo andare in un posto importante.»

«È vero!» Morrie si colpì la fronte con una mano. «Me ne ero quasi dimenticato.»

«L'avrei preferito» borbottò Heathcliff.

Quoth si illuminò con un sorriso lento e felice, mentre anche lui ricordava cos'altro avevo programmato.

Misi entrambe le mani sulle spalle di Heathcliff e lo spinsi verso la porta. «Non si discute. Se vuoi conoscere il vero significato del Natale, verrai con me e ti piacerà.»

«Sto bene anche senza saperlo, a dire il vero.» Ma le proteste di Heathcliff caddero nel vuoto e io lo trascinai fuori, nella neve.

«Heathcliff Earnshaw, tu mi hai regalato il miglior Natale della mia vita e io ti amo alla follia per questo. Ora, permettimi di restituirti il favore e di regalarti un Natale che non dimenticherai mai. *Andiamo*, non vogliamo far aspettare il tuo pubblico.»

EPILOGO

«Devo proprio?» brontolò Heathcliff.

«Sì.» Gli diedi uno spintone verso la porta.

«Mi mangeranno vivo.»

«Hanno più paura loro di te, che tu di loro.» Sbirciai i bambini in prima fila. *O forse anche no.* «Comunque, non è questo il punto. Se vuoi che il villaggio ti ami di nuovo...»

«Non voglio affatto che mi amino» brontolò. «Prima che arrivassi tu, la mia idea di Natale perfetto era mangiare pane tostato e marmellata, da solo in camera mia.»

«Bene. Ma *io* voglio che il villaggio ti ami di nuovo. O, almeno, che ti trovi vagamente tollerabile. E questo è il modo migliore per farlo.»

«Scommetto che Morrie ha lasciato il forno acceso. Faccio un salto a controllare...»

«No.» Lo spinsi avanti. Heathcliff spalancò le braccia, cercando di mantenere l'equilibrio. Lo feci girare su se stesso, fino a quando non fu davanti al pubblico di genitori e bambini. Al suo ingresso, brusco e per niente simile a quello che ci si poteva aspettare da un Babbo Natale, ammutolirono.

O forse il loro silenzio era dovuto al fatto che, nonostante avessi avvertito i genitori in anticipo, nessuno era preparato a quello spettacolo di centoventi chili di Heathcliff Earnshaw, con addosso un costume da Babbo Natale rosso fuoco.

«Oh» esclamò, in un tono più adatto a chi sta per andare al patibolo.

Gli feci un gesto. *Di più*, gli dissi con il labiale.

Heathcliff mi lanciò un'occhiataccia, poi si voltò verso il pubblico rapito. «Oh-oh-oh» aggiunse, con un sospiro sconfortato.

«Un grande applauso a Babbo Natale!» Morrie apparve da un lato del palcoscenico, vestito da... *ehm*. Aveva dato un'occhiata al costume da elfo che gli avevo comprato, ma aveva dichiarato che la sua pelle non sarebbe mai stata sfiorata da un tessuto sintetico, e si era fatto mandare da Londra qualcosa che... beh, aderiva in tutti i punti *giusti*. Notai che tutte le mamme, e alcuni papà, lo guardavano molto interessati.

Un timido applauso si levò dai bambini. Alcuni sorrisero, confusi. «Perché Babbo Natale sembra così scontroso?» chiese uno di loro.

«Perché il suo pigro elfo buono a nulla non gli ha portato il suo whisky» replicò Heathcliff.

«Su, su, Babbo Natale» disse Morrie, allungando una mano verso il cuscino che Heathcliff si era infilato sotto la giacca rossa e dandogli una pacca amichevole. «Sappiamo tutti che questo Natale sei a digiuno e berrai solo succo di frutta. Il tuo medico ha detto che devi perdere un po' del peso che hai preso a forza di mangiare biscotti. Quindi niente alcol, e una dieta rigorosa, a basso contenuto di carboidrati.»

I bambini ridacchiarono. Heathcliff assunse una tonalità ancora più cupa di *sto per ucciderti*.

Mi diressi verso il fondo della sala, da dove osservai due dei miei fidanzati che intrattenevano un'orda di bambini, e il fidanzato numero tre che gracchiava grida di approvazione dalle travi. Il mio cuore si gonfiò fino a triplicare le sue dimensioni.

Vidi mia madre insieme alla signora Ellis e a Jonie, che presidiavano un tavolo carico di dolci natalizi donati dal villaggio. La sera prima avevamo passato ore a girare per tutti i tavoli del pub a raccontare nei minimi dettagli la storia dell'accaduto, chiedendo a tutti di fare donazioni per i bambini e per l'albero di beneficenza per gli animali. Argleton ci aveva davvero aiutato: i bambini e i genitori che spesso non avevano nulla da mangiare ebbero di cui rimpinzarsi: mince pies, trifle, chocolate fudge, biscotti con mandorle e frutta secca, avanzi di carne e vagonate di patate arrosto grazie a Richard del Rose & Wimple. Avevamo invitato tutti gli abitanti del villaggio a presentarsi alla festa e sembrava che la maggior parte di loro fosse effettivamente arrivata. Tabitha era splendida mentre alla porta accoglieva gli ospiti, nel suo abito rosso di paillettes e gli orecchini di pietra nera di Elizabeth. Anche Roland si aggirava per la stanza e faceva foto per una nuova versione "presentabile" del calendario.

Raggiante di orgoglio e di gioia, riempii un piatto per me e Quoth e mi sedetti a guardare lo spettacolo.

«Chi è il primo?» Morrie batté le mani allegro per richiamare i bambini verso il trono su cui era stato sistemato Heathcliff. «Forza, non siate timidi! Non spingete, c'è spazio per tutti. Babbo Natale sarà qui tutto il giorno.» Il suo ghigno malvagio dimostrava che la cosa gli piaceva troppo.

Oh Morrie, non cambiare mai.

«Guarda Heathcliff» commentò mia madre mentre aiutava Earl Larson a scegliere dalla gigantesca piramide di Yorkshire pudding. Earl passò un pezzo di roastbeef al gattino che gli stava sulla spalla, il quale miagolò di piacere. «Non sapevo che fosse così generoso. E sembra anche che si stia divertendo.»

«Non mi spingerei a tanto» commentai con un sorriso.

«Però è un ottimo Babbo Natale. Mi chiedo se possiamo convincerlo a farlo ogni anno.»

«Ho detto niente dolcetti!» urlò Heathcliff dal suo trono a Morrie, mentre una bambina si arrampicava sulle sue ginocchia con una manciata di caramelle. «Poi mi arrivano qua con le dita tutte appiccicaticce e mi sporcano tutti i regali ...»

«Non date retta a Babbo Natale, bambini.» Morrie spinse altri due bambini verso di lui. I flash delle macchine fotografiche dei genitori immortalavano ogni momento del calvario di Heathcliff. «Caramelle gratis per tutti. Ecco, prendetene una manciata mentre aspettate il vostro turno.»

«Cra» commentò Quoth e si sistemò sulla mia spalla. Gli accarezzai la testa, osservando con un po' di orrore e un po' di gioia Heathcliff che riversava una ciotola di caramelle nel retro dei leggings da elfo di Morrie.

Ah, il Natale. Il periodo più bello dell'anno.

Mi correggo. Se ti chiami Mina Wilde, sei una libraia punk rock quasi cieca con tre fidanzati presi direttamente dai tuoi capolavori letterari preferiti, hai una madre pazza che vuole darti in sposa al Napoleone del crimine, e vivi in un villaggio pittoresco che risulta essere la capitale degli omicidi in Inghilterra, in una libreria magica con una stanza che viaggia nel tempo, allora il Natale non è solo meraviglioso.

È pura magia.

FINE

Cosa fare se tre fantasmi sexy e possessivi vogliono

scombinarti da capo a piedi? Scopritelo nella serie di Bree, i Misteri del Grimdale Graveyard, e godetevi i camei dei vostri personaggi preferiti della Libreria Nevermore.

INIZIA ORA:
http://books2read.com/grimdale1italiano

(Gira la pagina per un frizzante estratto)

Non ne avete mai abbastanza di Mina e dei suoi amici? Iscrivendovi alla newsletter di Steffanie Holmes leggerete gratuitamente una scena alternativa dal punto di vista di Quoth e altre scene bonus e storie extra.

https://www.steffanieholmes.com/newsletteritalian

DALL'AUTRICE

Ah, il Natale. Il periodo più bello dell'anno.

Vivo in Nuova Zelanda, quindi l'immagine di un Natale nevoso e accogliente mi è completamente estranea. Quando ero piccola, il Natale ha sempre significato regali al mattino, un barbecue o un arrosto per pranzo, e poi tutti in spiaggia a nuotare e fare gare di castelli di sabbia. Tra l'altro, una volta io e mia sorella abbiamo vinto per la nostra costruzione di sabbia "Homer Simpson addormentato sul divano", per la quale abbiamo usato anche lattine di birra vuote trovate in giro per la spiaggia.

Per me Natale ha sempre significato mangiare troppa cioccolata e rimanere sveglia fino a tardi la Vigilia per dare gli ultimi ritocchi ai regali fatti in casa. Vuol dire vedere i miei nipotini entusiasti di ricevere i loro regali, e anche mio marito che mi fa un regalo con almeno due settimane di anticipo perché non vede l'ora di vedere la mia reazione. Vuol dire costringere i miei gatti a indossare adorabili berrettini da Babbo Natale mentre cercano disperatamente di telefonare a qualche associazione per i diritti degli animali senza pollice opponibile.

Vuol dire mangiare TUTTE le patate arrosto.

Spero che anche voi, cari lettori, possiate trascorrere delle feste meravigliose circondati da famiglia e amici, indipendentemente dal luogo in cui vi trovate o dalle vostre tradizioni culturali. Spero che se il periodo delle feste è per voi un momento difficile dell'anno, come lo è per molti, possiate trovare sostegno, conforto e gioia nelle piccole cose. In una tazza di cioccolata calda. In un buon libro. Nell'abbraccio di un amico.

Vorrei ringraziare la mia straordinaria famiglia di amici scrittori (alias, i Pervertiti Professionisti) per essere stati al mio fianco durante un anno straordinario. Grazie a Bri, Katya, Elaina, Kit, Jamie ed Emma per tutte le risate e l'affetto.

E un grande e tenero abbraccio natalizio al mio irascibile marito batterista, che ha letto questo libro e ha riso per tutto il tempo.

Alla prossima!

Steffanie

INFORMAZIONI SULL'AUTRICE

Steffanie Holmes è autrice bestseller di *USA Today* e scrive romanzi dark, gotici e peccaminosi. I suoi libri sono caratterizzati da eroine intelligenti e spiritose, società segrete, antiche dimore da brivido e maschi alfa che ottengono *sempre* ciò che vogliono.

Ipovedente dalla nascita, Steffanie ha ricevuto il premio Attitude Award for Artistic Achievement nel 2017. È stata anche finalista del premio Women of Influence 2018.

Steffanie vive in Nuova Zelanda con il marito, la loro collezione di spade medievali e un'orda di gatti irascibili e.

Newsletter di Steffanie Holmes

Iscrivendoti alla newsletter di Steffanie Holmes riceverai una copia gratuita di *Cabinet of Curiosities:* un compendio di racconti e scene bonus scritte da Steffanie Holmes, compresa una scena bonus della Libreria Nevermore.

http://www.steffanieholmes.com/newsletteritalian
Segui Steffanie
www.steffanieholmes.com
steff@steffanieholmes.com